U0033445

我知道母親和我說
發亮去吧

馬尼尼為

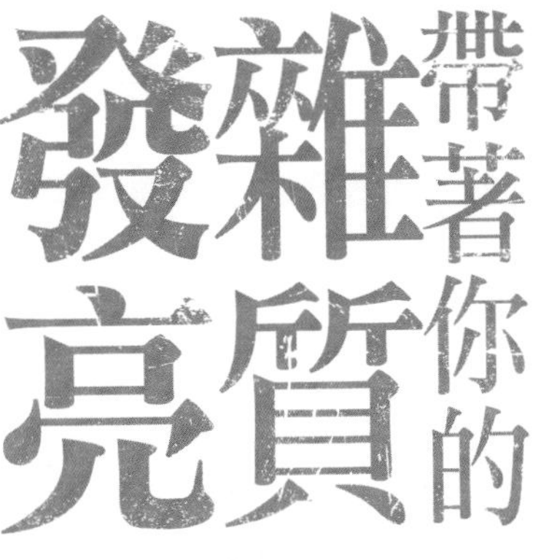

沒有辦法獻給我的父母

掀開鉛華之後

乖離之必要，負面之必要，反人類之必要：

閱讀《帶著你的雜質發亮》

文／洪凌

「我這一生，在我自己和永恆之間，只是虛無。我的背後總有一道刺骨的、黑黑的風。在我生命伊始，不可能知道有這番境遇。這一切是我後來才知道的，那時我已不再年輕。我也了悟，過去在我手裡滿盈的，已經變少了，然還有一些是過去我幾乎未曾把握過的，卻變多了。對這種得失有所了悟後，我於是瞻前、顧後：在我生命的原點，有這麼一個女人，我連一眼都見不著，而終點呢？是空無。在我和世界的暗室之間，什麼都沒有。」

——《我母親的自傳》，牙買加・琴凱德（Jamaica Kincaid）。

對於馬尼尼為以潑墨或草圖形式呈現的作品，這些毫無粉飾、唐突乖張，充滿生裸能量的圖文，即便有些讀者能以「包容多元，雅納異己」的優越政治正確情懷極力吞嚥，對於作品的詮釋或許就落入書名所夾帶的陷阱。常態生命位置會理所當然地從事一刀切兩斷的分派，將「雜質」視為作者的不優越身分位置（例如新移民，外籍配偶，依附於中產夫家的女性）、糟糕情感（bad feeling）的表現（彷彿反社會人格的冷淡漠然，厭惡正典人類，蔑視「人倫」，以離奇熱烈的模式深愛伴侶貓），以及作者藉由散文自傳體例所「招供」告白的半真半假生命藍圖；至於雜質之餘，常態讀者只好不得不默許馬尼尼為（以及所有不為自身難堪處境辯解，不表達尷尬或歉意的創作主體）一個「邊緣藝術家」的標籤。然而，對我而言，閱讀拆招的歷程恰好相反：馬尼尼為的雜質們就是她亮點的共生。被當成是雜質的劣勢條件，不但造就這些瀰漫奇異幽暗光色創造物的必要屬性，更甚者，若沒有這些雜質為培養皿的滋潤土壤，恐怕不可能無中生有，冒出這些魍魎曖曖的晦暗亮眼事物。

然而，若是單就身分政治的有限牌面來閱讀本書，又會顯得膠著不搭，屢屢受到個中頑固且絲毫不謙卑的硬生生姿態所絆腳。馬尼尼為的「硬生生」究竟是經歷過多少的培育與豢養纔得以如此成形，只靠著這本書，我無法給予合理化的耙梳。然而，閱讀此書的樂趣就在於追究細讀其中讓常規揣揣不安的數種不合理姿態：拒絕溫情表態，背離「同感心」，狂妄細膩的跨物種情慾。使用任何人道主義式的閱讀取徑，都很難不被作者的倔傲古怪給打到痛處。然而，在現今被新自由主義當道、空想直線時間進步論主控的世界現況，我們非常需要這些痛處與傷口，如同愛慕戀棧著自身那些斑駁殘花形狀的貓咬痕。

若以離散（diaspora）創作的預設來嵌入這些作品，馬尼尼為坦然告訴你，她並非因為移民到台灣纔生成此種形狀，而是在所謂的母土（mother-land）就是個連母親也無法得到其共鳴同感的怪胎小孩。若是誤用外籍配偶式的悲情求憐憫想像，她更是毫不容情地刮讀者好幾枚反手巴掌，嚴厲聲稱自己的高度（研究所畢業，取得碩士學位）與反其道而行的兇狠。簡言之，面對可能撲身包裹的人道憐恕攻擊，作者不但不順勢迎向並討饒求寬容，反而以犀利的外來者角度批判移居地（台灣）的含蓄虛偽樣貌，戳穿了讓她倍感噁心的樣板異性（非）戀家庭之醜怪難堪。焊接融合於作者反人類、反人道的行止（對於其容身的直家庭充滿嫌惡，全然背反常態的「妻子」與「媳婦」與「外籍新娘」等淒慘委婉生命藍圖），最是閱讀刺點所在，約莫是她大剌剌、毫無顧忌的貓戀情感投資。她的伴侶貓時而是從未自肉身脫胎的兒子，時而又是她迷戀磨蹭的母親化身。身為酷兒愛貓族，雖然我認為這個貓被迫負載的情愛需求顯得強烈過激，但也欣喜於書中亦圖亦文的陰沉豐饒愛意，將多重角色／視線互識的貓人情感結構拉拔成真誠扮演的慾望日常生活。

從近年來陸續浮現的、夾雜情慾族裔物種等議題的書寫，本書的鮮明印章在於它不但坦蕩棄絕了近乎流於空言的「同理心」（empathy）招喚，更極盡譏刺痛切地揭破人類中心、種族與性別等權力結構所重重羅織的位序階級。作者對於臨死的婆婆之冷感，對於丈夫與親戚的厭惡，強烈觸目的程度不亞於異性戀生殖霸權每一瞬間企圖征服宰制這個具備多重型態現實的恐怖，其白描文字帶出的龐大衝擊，類似我於本文起頭引用的《我母親的自傳》所呈現的森然陰鷙，並非無感情，而是感情滂沱劇烈的極度反面呈現。

倘若讀者糾舉著作者的「反同情／反派」（anti-sympathetic/antagonistic）筆觸，企圖以溫情和諧論述來譴責個中的負面冷淡情感表現，我認為更值得追問的是，作者如此的無同情是在怎麼樣的權力壓迫與卑尊二元公式當中被生成與滋養？透過偏愛貓伴侶、背對整體壓迫人類核心的斜走邊境之姿，這些零散的碎塊文字與寒意森森的構圖，不啻表意出海澀愛（Heather Love）等酷兒理論家描繪琢磨的「感受的倒退，倒退的情感」（feeling backward）。

對於一個拒絕以辛酸路線演出異性戀敗筆、國族敘事的非正典性別主體，即便我們無法輕易將此書與作者收編入目錄井然有序的同志格局，但這些陰險貓步、流竄於種族、物種、人／非人情愛的文字與圖像，較諸很多檯面上擠入主流文學陣營的同志文化產物，更是深切若渴地表達出非形非影、罔兩重重的酷異生命視野。

作者簡介

洪凌，1971年生，天蠍座。台大外文系畢業，英國薩克斯大學（University of Sussex）英國文學碩士，香港中文大學文化研究博士，2010年起就任國立中興大學「人文與社會科學研究中心」博士後研究員。出版多部文學創作與評論文集，獲全球華人科幻小説獎、國家文化藝術基金會文學創作獎助金、臺灣文學館臺灣文學翻譯出版補助等。

出版品

出版作品計有論述 / 散文集《魔鬼筆記》、《酷異箚記》、《倒掛在網路上的蝙蝠》，《魔道御書房》與《光幻諸次元註釋本》；短篇小説集《肢解異獸》、《異端吸血鬼列傳》、《在玻璃懸崖上走索》、《復返於世界的盡頭》、《銀河滅》、《黑太陽賦格》（中日文雙語版的中短篇小説精選，將於2013年三月出版）；長篇小説包括《末日玫瑰雨》、《不見天日的向日葵》、【宇宙奧狄賽】系列共六冊。近期譯作《銀翼殺手》（*Blade Runner*）、《黑暗的左手》（*The Left Hand of Darkness*）、《女身男人》（*The Female Man*）、《少年吸血鬼阿曼德》（*The Vampire Armand*）、《世界誕生之日：諸物語》。

部落格 http://www.wretch.cc/blog/LordSunset

電子信箱 lucifer.hung@gmail.com

強悍而失落的敲擊樂——

(非)異鄉姊妹的生命之歌

文／鄭美里

《帶著你的雜質發亮》是一本讀了讓人清醒、痛苦、卻又捨不得放下的書，從第一頁，不，從它的書名開始，我就完全被這本書吸了進去。在作者帶著詩化的文字中，我們步步驚心地目睹一位同樣使用中文的異鄉女子，如何在我們自以為友善的城市裡、在一向被視為提供溫暖庇護的愛情／婚姻／家庭裡，經歷了失望、挫折，和我們難以想像的歧視、壓迫，因而凋萎、失語、封閉自己的歷程。但這本自傳性的文本卻不是悲情的傾吐或弱者的求助；相反的，就算被當成「碎葉」、被當成「一棵亂長的樹」、可以當作「殘渣」丟棄，但「我依然是一棵形狀良好的樹」，這個「跟別人不一樣」的我，在台灣的十多年，她的自我遭遇嚴重斲傷，但她並沒有被打倒，終將意氣風發揚起風帆，開啟下一段旅程，「我將要進入更廣大的所在／我要敲打這個世界」。

這本書很薄，故事也不曲折，但簡單的故事、短短的文字卻包含了極豐富的性別／國族／文化意涵在其中。就以開頭類似自序的這段短文為例：

> 我的故事不算什麼。不夠你們想要的悲苦。
>
> 這是一個外籍配偶在台灣的故事，但不是你們印象中的老少配、不是去購來。
>
> 不要置疑我的中文，全世界不是只有台灣和中國人才懂中文。
>
> 不要問我的故鄉，國家地名沒有意義，我跟你們一樣是人，我國家的人也跟你們一樣。

作者一邊要抵抗台灣社會對外籍配偶的刻板印象，一邊要捍衛她所屬的「不純正」的中文，兩件事都不容易，因為台灣的主流文化在這兩方面都太理所當然，我們習於用「外籍配偶」含括、消弭其中的千差萬別，且在抗拒政治上大中國沙文的同時卻自居中文的正統，沾沾自喜，經常毫無自覺地壓迫異己（許多僑生不是因「怪腔怪調」而成為大家嘲笑的對象？）。

儘管作者清楚「歧視」的存在，瞭解「同化」的必要，但最終「一敗塗地」的她，其實已表明拒絕認同純正、無誤的「中文」沙文主義，這也使得這本帶著「雜質」的中文書寫文本，雖不時可見故意不做校訂的錯別字，卻也展演了生動鮮活的語言表述，其生命力絕對遠遠超過「正確」卻可能流於僵化的單一標準。換言之，不論是外籍配偶的國族、膚色，或非純正中文引來的猜測、疑慮，作者高蹈地拒絕回答，「不要問我的故鄉，國家地名沒有意義，我跟你們一樣是人，我國家的人也跟你們一樣。」

只是，姿態的高蹈、有尊嚴的拒絕，並不能保護作者不受傷害，這本書恰恰是一位外籍姊妹在台灣的傷痕文學。即使「我和你們說著一樣的中文，卻像隔了比任何一種外文更高的山。」這難以言說、不被聽見的痛苦，除了語言及文化、國族的位階之外，主要來自女性的身分，「作為一位被視為弱勢的外籍女人，我成了一隻動物。我的作用是生育、煮飯。當我反抗這一切，我的婚姻就毀了。」一語道盡外籍姊妹在台灣的處境，她們被分派在傳統的生殖角色，不能異議，因為一旦離開了婚姻和生育的位置，將落得「連個台灣人都不是！」

書中敘述作者最主要、最直接的壓

迫來自她的婚姻，沒有愛情的婚姻、以及隨之而來平凡卻幾近恐怖的處境，徹底將她粉碎，使她孤寂、憂鬱到必須「吸貓」為生，將一隻貓咪當成了自己的母親。

十九歲離開故鄉留學台灣，為了居留的便利進入婚姻，她依然有著愛情的期望，渴望愛情撫平傷痕，不料事與願違，「結婚後那傷痕卻開始隆起，長成一塊疤，一個黏在我肉體上的疙瘩。」丈夫娶她完全是功利目的——照顧媽媽、打理家務、賺錢貼補，並生個孩子來遞補媽媽死後心中的空虛。

而這個表面光鮮的中產階級單親家庭，是一個「吃電視」的家庭：一家三口相依為命，在家時總無時無刻不啃食著電視，無法習慣電視噪音的她注定成為外人。婆婆也的確無視於她的存在（視之為兒子的一件衣服或襪子），到了匪夷所思的地步，做菜擺明了只給兒子吃。

沒有愛與溫暖、倚賴電視聯繫（不）溝通的家庭關係之外，作者不能適應的還有城市生活，公寓的擁擠、不見光，城市住屋的狹窄、噪音干擾，癌症的普遍、不健康的生活方式，這些在台灣都會生活中我們幾乎習以為常的存在狀態，從作者敏銳的感受（也該是任何一個「人」的感受）來說，是難以理解，更是不願馴服的。

要習慣這裡
方法是要退化成為一顆植物
或一隻動物

從一個讀者的角度，我感謝作者的堅持抵抗、拒絕馴服，她以自身的痛苦，成就了這本書，使我們打破習慣、看見不同的角度，理解到我們的家鄉原來有如此殘酷、不人道、不適人居的現實。更不用說，作者有能力自我發聲，相較之下，其他語系的外籍姊妹可能遭遇的處境，讓人難以想像。

作者在書末搭配一系列空虛的城市空景照片，寫著：「原諒我不愛這個城市／也不愛你們」。作為「我們」的一分子，我卻要向你說謝謝，因為你，因為這本「坦率、誠實」的告白，讓我們得以看見自己，雖然是痛苦的看見，但因此有了自省和改變的可能。

作者簡介

鄭美里，文化工作者（寫作班、成長團體與讀書會帶領人）。

清大社人所碩士、輔大比較文學博士候選人。曾任文學與文化媒體編輯和記者，《婦女新知》雜誌編輯；女書店「女書文化夜沙龍」企畫、主持與訪談；女書文化出版總編輯；社區大學人文學術類課程講師，開設寫作課、文學和電影討論課、樂齡的生命敘事課程。

出版品

著有《女兒圈：台灣女同志的性別・家庭與圈內生活》，與（合）編《遇合——外省／女性書寫誌》、《紫色桃花緣：女書店故事話從頭》、《太空人與小紅帽》等。

部落格

在星空下一鄭美里和她的（學生）朋友們

http://blog.xuite.net/monisha.ch/starclass

Facebook：鄭美里

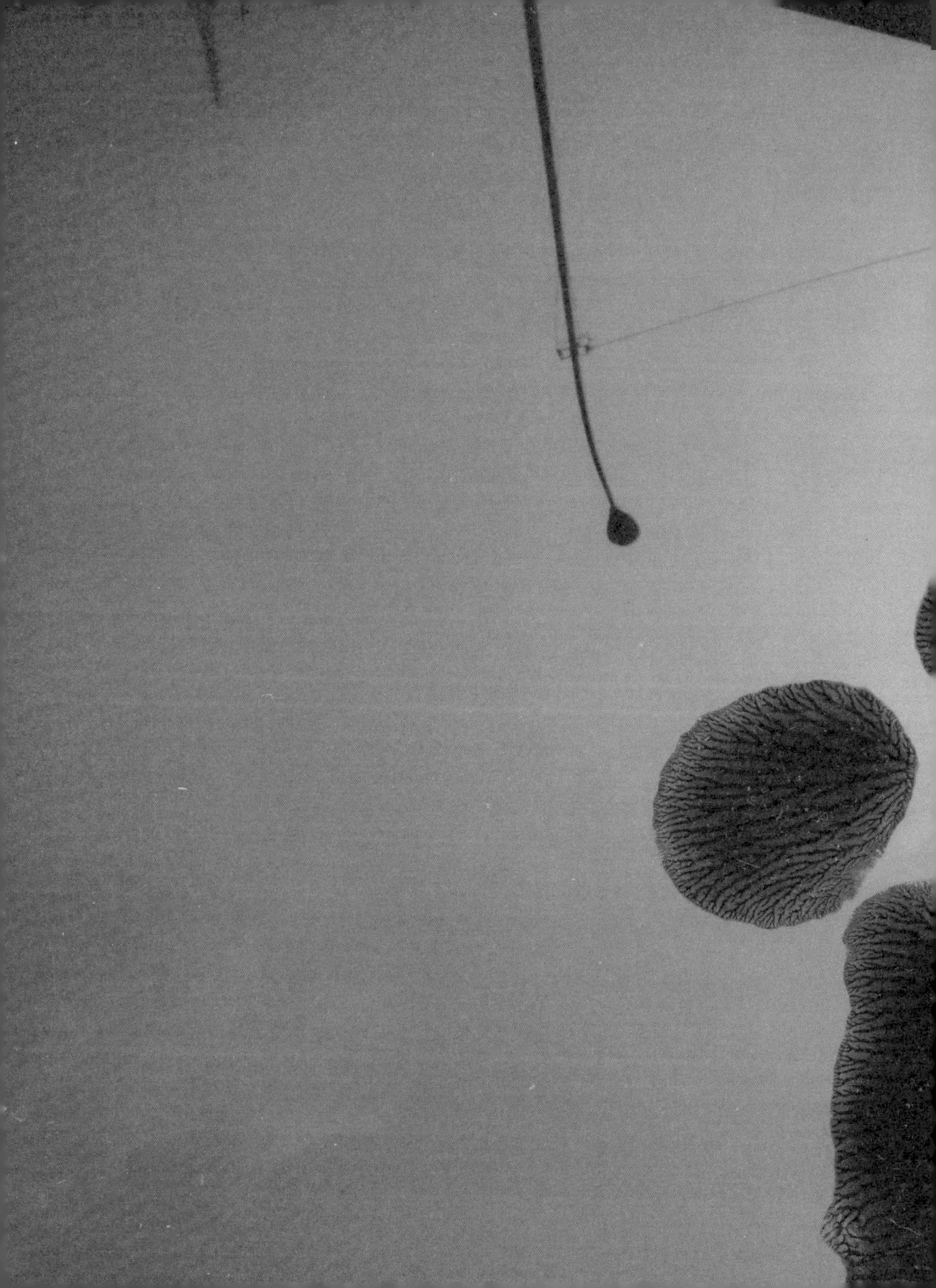

目次

編者註：本書正文作者所使用之異體、錯別字與誤用，例：彷彿（彷彿）、截錄（節錄）、尘（塵）、吸尘機（吸塵器）、麺（麵）、么/麽（麼）、叠（疊）、厢（廂）、忧（憂）、袜（襪）、粧（妝）、邻（鄰）、盖（蓋）、盘（盤）、毁（毀）、秽（穢）、厨餘（廚餘）……等。皆爲作者日常書寫之慣用字體，同時是作者特意保留之文字，編輯予以尊重且未加以修正。目的在用以突顯「正典」語言與書寫可能挾帶的刻板的人群分類意識形態，並且暗示任何已「正典化」的日常價值規範，所可能帶來對「異質」的壓迫、威逼。

十年來，作為一位被視為弱勢的外籍女人，我成了一隻動物。
我的作用是生育、煮飯。當我反抗這一切，我的婚姻就毀了。

我知道，我只能隱匿地說這些話，沒有報紙願意刊登這樣的文章。
我習慣了不被聽見，在這裡的十年。
我和你們說著一樣的中文，卻像隔了比任何一種外文更高的山。

我相信、也知道，不管在哪個國家，「歧視」這件事總是或多或少地存在，
從來沒有真正根除過，我以為要避免這件事，是把自己變成像你們一樣。
可最終，我還是一敗塗地。

「我的故鄉不是一個名字，是人。」

（My hometown is not a place, is people.）

我的故事不算什麼。不夠你們想要的悲苦。

這是一個外籍配偶在台灣的故事，但不是你們印象中的老少配、不是去購來的。

不要置疑我的中文，全世界不是只有台灣和中國人才懂中文。

不要問我的故鄉，國家地名沒有意義，我跟你們一樣是人，我國家的人也跟你們一樣。

我早在漂移
像一個出海的夢
在過去之間漂移

I've been drifting
Like a dream out on the sea
I've been drifting in between what used to be

截錄自：Tim Buckley,1969,“Driftin'”（漂移），
Album:Live at the Troubadour.

我被逼剪開發亮的一切。

把忧愁再灑下來。搓洗自身。

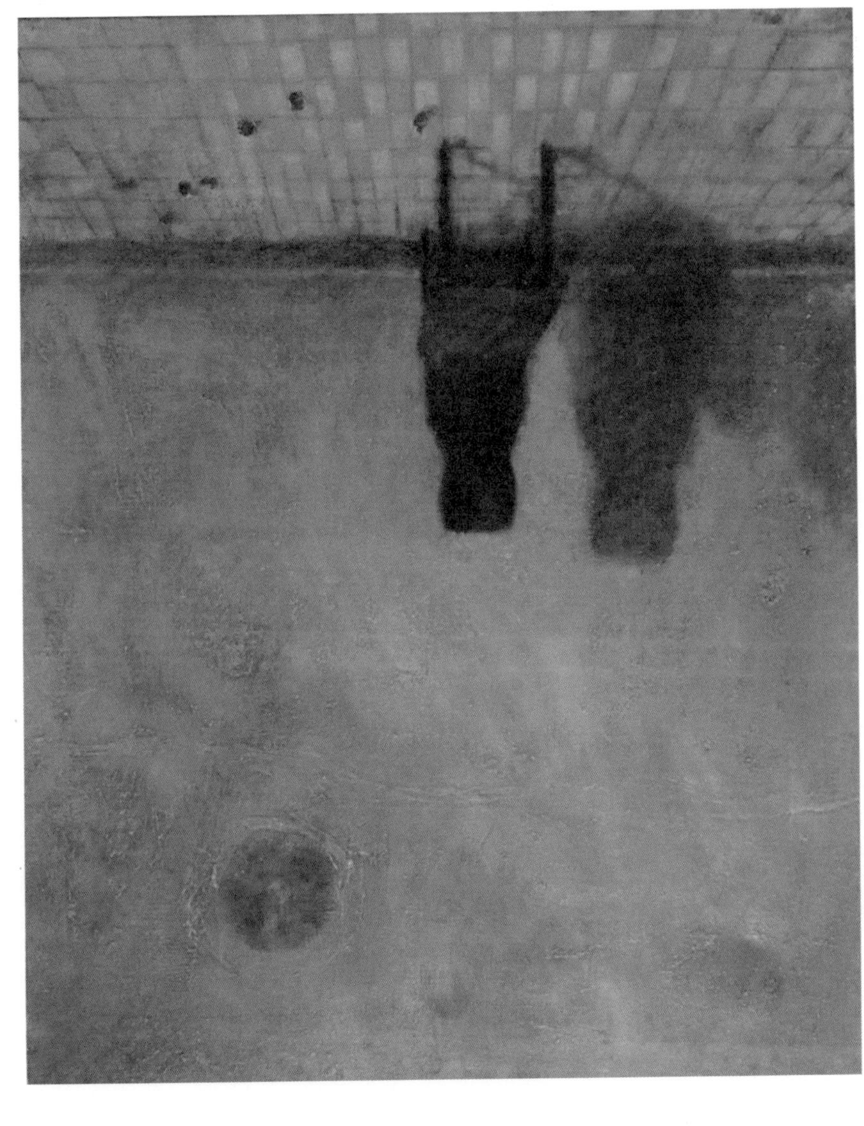

要去法院註冊的前一天我在被窩裡哭。我不想住在這裡。一間沒有陽光的房子。我住進我先生的房間。一間放了一張加大單人床。一張書桌。一個書櫃。一個衣櫃。一個沒有辦法走動的空間。我先生很高興把我放在他家。他跑到外地上班。他很高興我能在家裡陪他退休的老母。

那時我關在房裡畫了這張畫。在無法走動的空間擠了支畫架及三十號的畫布。我在這間家沒有味道地走進，走出。

看著自己把一片片的空間，刷成了灰色。

他們冷冷地看我的畫在客廳晾乾，傻傻地看著。

我與焦慮相依為命。

它開成了一朵花。卻陣陣刺癢。

要在這個如殘渣般的世界生存，
你不需要看得太清晰。

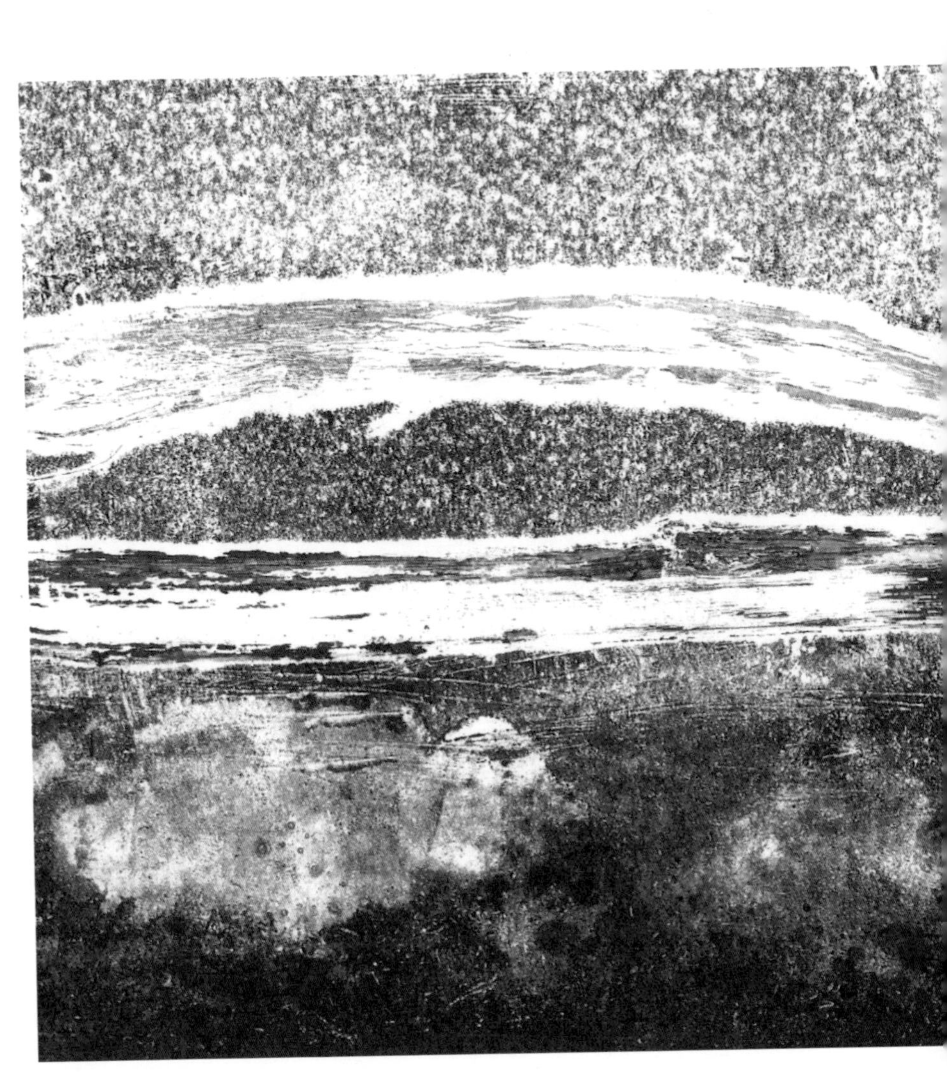

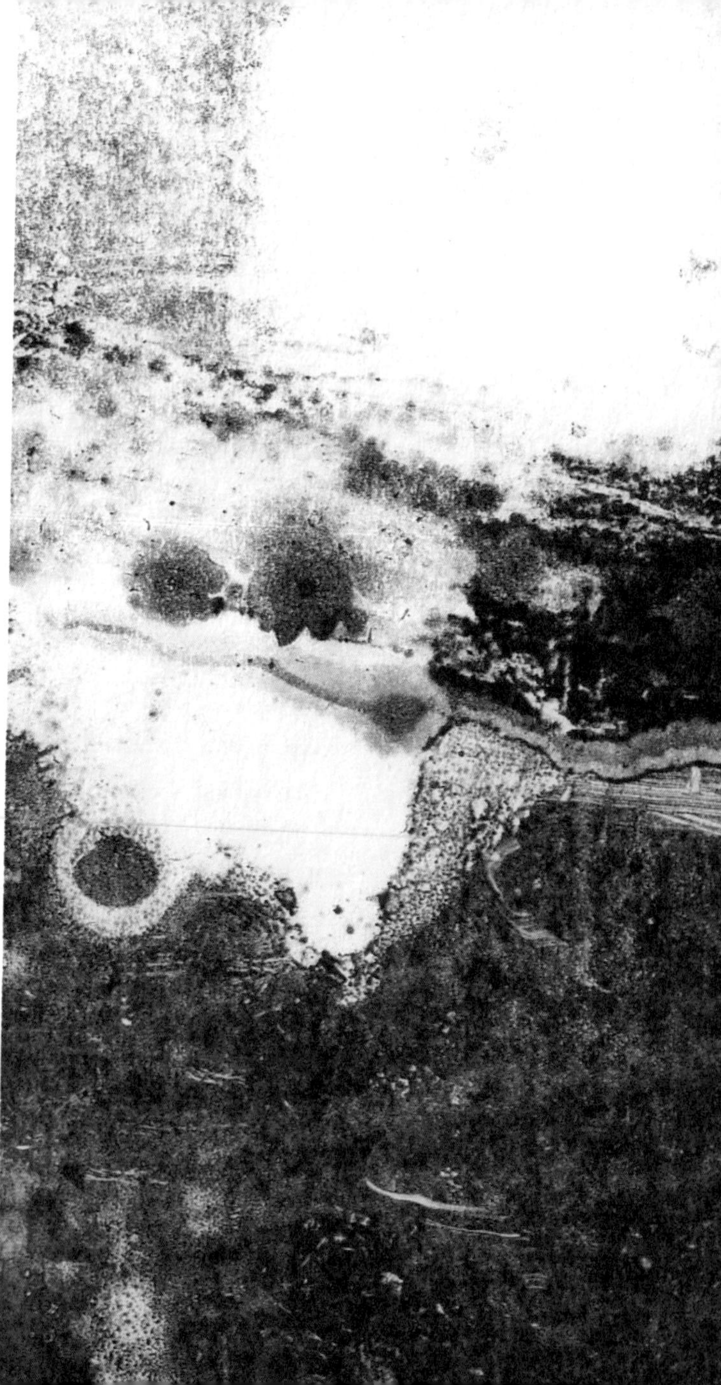

帶著雜質發亮

我剪開這塊土褐色的音樂

挖開我體內的泥濘

媽媽，我的粗野已經粘在上面

媽媽說，那就帶著你的雜質發亮吧

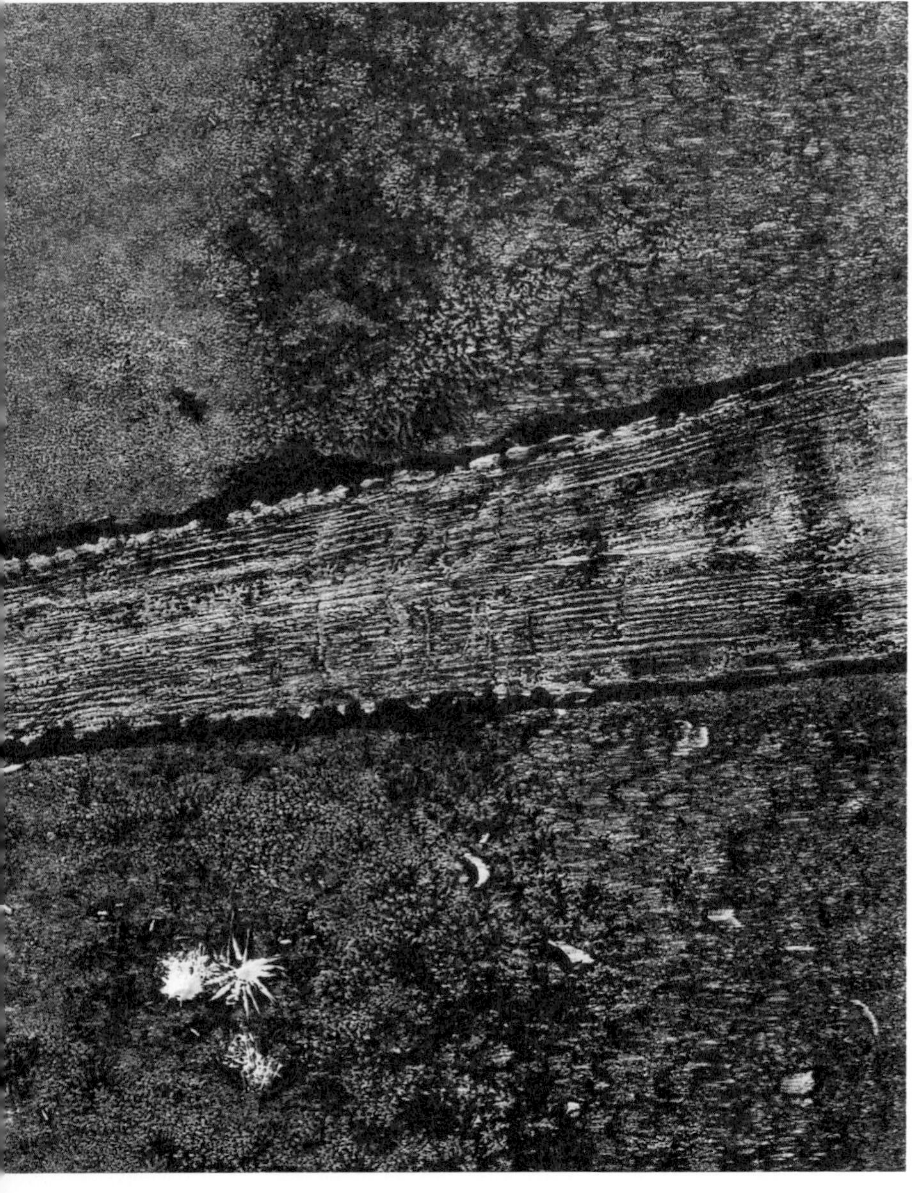

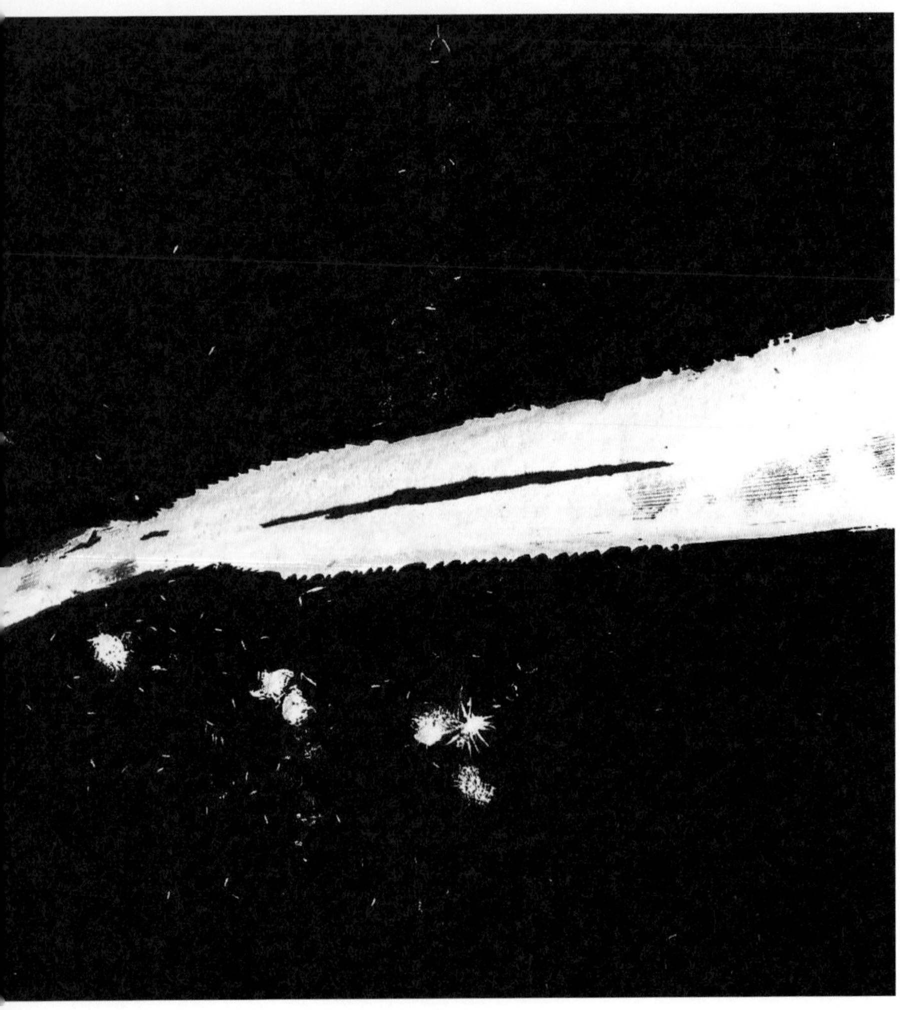

故鄉

是母親留給你
命中的

一塊糖

我知道母親和我說，發亮去吧，帶著你的雜質發亮。

我沒有辦法和任何人長期共處，即便是自己的家人，因此我選擇了這樣的身分。一種逃離在外的身分。我喜歡這樣冷卻的過程。這樣稀釋的過程。因為注定會有死別，我預習。離開又見面叫你懂得珍惜，叫你去選擇記得更多的美好。慢慢的，我不再對相聚特別的執著，不再對共處一室特別在意。

我媽媽一整天都在勞作。做家事、種田。我到家的時候，她總是煮湯麵給我吃，我將行李箱扛進一間很久沒人睡的房間，那也許曾是弟弟的房間，也許曾是姑姑的房間，也許也曾是我的房間。離開的時候，我會將房間打掃好，物歸原位，扛著我的行李箱去坐車，到機場，到另一個國境，打電話給她，說，媽，我到了。然後大概隔了半年或一年我又打電話給她，媽，我幾號要回去。

我念美術系。她都說我畫的不好看，我一點都不介意。她有時會說誰誰誰的孩子在台灣賺多少錢、多好多好；我一點都不在意。她總是叫我不要買書，我卻越買越多。最後她花錢買了一個大書櫃來裝我的書。

她喜歡實用性的果樹。一整天蹲在楊桃樹下將一顆顆小楊桃包起來。即便如此，這些果實還是布滿瘡疤，尤其在結蒂處總有一堆白色的蟲卵，或是褐色如傷口的結疤。我吃著這些難看的水果長大。沒有幫她包過一次水果，沒有幫她鋤過草。我對這裡完全沒有貢獻。她放任我像旅人一樣，像野貓一樣。

在家裡我沒有自己的房間。因我總是在外。中學六年我在學校附近租房間住。幾乎每年搬一次。她總是幫我搬家，幫我收東西。每個週末我回家吃飯睡覺。要走的時候，她都會切一包水果給我。那時候，我已經懂得自己洗衣服。國小時我住奶奶家，每回假日她來，要幫我洗一整桶的衣服，手洗，水一直嘩嘩地流著，還有刷子涮涮的磨擦洗衣板，我卻只是躲在房裡，靜靜聽著這一切聲音，沒有出去幫她，她也沒有喚我。

我媽媽做菜比餐館還快，她老是在做事，一堆做不完的事。我扛回家的行李箱，裡頭的衣服亂七八糟，當我外出一陣回來，赫然發現一件一件整整齊齊地摺好，該熨的也熨過了，還有一件破了個洞，已經補好放在縫紉機上。她到台北來，刷我的浴室；一件一件依顏色摺疊好我老是凌亂的衣物。還說，妳買的衣服都不好看。

小時候喜歡跟著她，她走到哪，我都愛跟著，靜靜地跟著，很小的時候有次跟丟了，哭著，她走過來，用沾了口水的手帕擦我的眼睛。她總是騎腳踏車載我，長大了一些，我騎另一台跟著，跟著她去買雜貨，跟著她做小生意，那時我心想，一直跟著，就永遠都不會失去她。

兒時的照片裡，我一定是怯生生地拉著她的衣角。她不在時，便想著她，甚至幻聽見開門的聲音，甚至因過於害怕失去她，做了她死去的夢，那樣地小，卻要那樣地擔心。那樣早熟的擔心，原來在那時便起了頭。而我後來才發現，每一年，都在擔心她的離去。

從留學台灣一直到背上了這一場異國婚姻，我一再地離開她。她成了凝結在腦海裡的一朵冰塊，遇熱就溶化，我必須小心控制著溫度。離開表面上成了麻木的機場。每離開一次，我的心不是越堅厚，而是越來越地薄、越來越地纖弱。年歲的增長增添了我的不好意思說出口的鄉愁，曾經我引以爲恥的鄉愁變成了緊貼在皮上的一塊疤。

我媽媽沒教我幾件事。她不教我做菜，不叫我做家事。她什麼都沒教我，老是自己在做。我用盡力氣想到的只有兩件事，她教我騎摩托車，教我踩縫紉機。但我縫的東西醜之又醜，上不了檯面，我在生活上的能力弱之又弱。因此，若我進入了一個傳統性特重的家庭，我注定被嫌棄。

我不光被嫌棄，還沒有辦法習慣城市。我沒有辦法習慣坐公車、捷運，好像被吞沒一樣。我不光滑，我說話不若你們溫

多年前母親收起我出發那天的日曆
像樹一樣矗立著目送我上車

多年來鄉愁從唇邊漫溢出來
黏在我肌膚上　源源不絕地滋養著我
它們融化長成了一棵樹
搖著我　撫摸我

柔，太粗，我不如你們的溫和圓滑地待人。彷佛我是我媽媽種的水果，那樣粗糙。我不服從這座城市。

十九歲的時候，我開始在這座名爲台北的城市求學。我只買一件一百塊錢的衣服，冬天便一件一件地亂套。因爲沒有好的冬衣，我討厭冬天。離下課還有一個小時我就溜出去打工，一直到晚上十一點回到宿舍。上課的內容不吸引我，老師不吸引我，同學不吸引我。我作畫速度很快，作功課也是。我過了四年像河一樣的生活，沒什麼特別的味道，但流動著。我不特別高興畢了業，看不起畢業典禮。我帶著空白離開。這空白像夾在書頁裡的花瓣，枯竭的褐色汁液，已經失去味道的扁平花瓣，殘留在我心裡頭。

那個時候，我開始想畫一種沒有什麼顏色的畫，有一些文字。我長著一雙憤懣的眼睛，叫人害怕。我成了一張沙漠，常缺水，乾涸，都是沙子，不斷流失水分；像洩氣的大氣球，把什麼都放掉。我嫌棄那時候，嫌棄那所大學，那裡面所有的人。我體內張牙的那些雜質推擠著我，我卻無處可去。

大學畢業後，我爲了居留跑去結婚。我厭惡那張有限制期限的證件，我無法理性處理這種事。大學裡空白的那枚褐色印記，漸漸被雨水飛濺、滲透而癱軟。

那個時候，愛情只是異鄉的一種方便性，我不相信那是一張真的愛情。我原來以爲愛情她是貼在我傷痕上的矽膠片，貼近而柔軟，可以一洗再洗，安靜地護著我的傷，直到她平整。結婚後那傷痕卻開始隆起，長成一塊疤，一個黏在我肉體上的疙瘩。我有時可以聽見那塊疤在跟我說話，癒合起來嫩紅的一張唇，乳色的單薄。沒有人願意貼近它。

我知道我是我媽媽種的水果，那種滿是瘡疤的果實。我其實一點都不平滑誘人。我沒有辦法去理解愛情，因爲愛情她肢解了我。我沒有想到這張婚姻不請自來了巨大的晃動。在我的畫作裡，悲傷就坐在那裡，大剌剌地，剎那之間讓我難堪，我無法注視自己的畫太久，故鄉與愛情的撕裂，碎成一地，徹骨，且孤寂，是沒有人的下著滂沱大雨的廣場。

故鄉只不過是一個名字
有人的內容充實，有人稀薄
它是母親留給你命中的一塊糖
你苦時它融化一些，
直到最後你對苦免疫，
它也用盡了

我變得像一壺熱水

02

這座城市的人似乎很喜歡看電視，也許那跟睡覺差不多一樣舒服，至少覺得自己是醒著的。我沒有辦法像他們一樣喜歡電視，他們覺得我有病；我甚至沒有辦法忍受電視的音量，他們覺得我瘋了。

我先生是台灣的中產階級，單親家庭，和母親及弟弟相依為命。他們一家人從小吃電視長大，平日晚上、假日成天便是一家三口盯著電視，把任何可以送到嘴裡的食物送進去。我婆婆退休後吃電視不到兩年罹癌過世；我小叔只會看電視，沒人要請他，他只好在家吃電視吃到三十幾歲、也許一輩子；我先生下班回家就是吃電視，吃到半夜十二點上床睡覺。他們能夠把門窗關起來日以繼夜地看電視。有次我惡作劇將電視遙控器藏了起來，我先生說，我們離婚好了，你若不把遙控器拿出來。

他們看電視的時候我就關進房裡和我的貓躺在一起。我漸漸地透明起來，好像這座房子的牆壁。

我婚姻的起點和盡頭繫著的都是我婆婆，就算她死了，還是將過多的濕氣霉味湧進我生命裡。我先生的父親在他們兩兄弟幼小時外遇，這樣的婚姻，婆婆的戲分特重。她過世後。我先生一蹶不振，他所有的一切，包含娶我，都是爲了討好母親，爲母親可以多一人照顧，爲母親年老的含飴弄孫，爲分擔房貸，爲分擔生活開銷，爲一起吃飯，一起睡覺。他的結婚，從頭到尾沒有愛情的分；從頭到尾，是我的一厢情願。

一場冬天連續幾週的雨
被冷出來的從葉尖跳到葉尖

我對我婆婆唯一的印象是從早到晚看電視的本事，她吸食著全世界最高級的麻醉藥。早上起床第一件事不是盥洗，而是坐在沙發上，在採光不佳的昏暗客廳看電視。我嘗試過和他們一起，圍在茶几吃飯，邊吃邊看，我開始頭暈。之後，能夠忍受電視的時間越來越短，很快便沒有辦法和他們一起看電視，很快我便知道自己厭惡他們，像我厭惡大學裡所有人的一樣。

我媽媽，她連電影都沒看過，她不會看電影，說那個要坐太久了，她從早到晚開著老式收音機，一邊工作著。很早的時候，我連電視都不會開，一直到現在，我不會主動做的事還是這一件。我甚至恐懼電視的聲音，只要在聽得見電視聲的環境裡，不論在家裡、餐廳、公車、計程車，都令我焦躁不安。沒辦法看電視，大概是沒辦法融入這個家庭的主因，他們依靠看電視培養出來情感，不說話的。

除了我婆婆之外，在這裡耳聞的癌症人數總是令我心驚，樓下太太的母親、我先生外公、爺爺、奶奶；繼他母親過世後，嘉義又哪位親戚腦癌走了、最近又有一位住在三峽的親戚肺癌過世了；然後是我所有同事之中，家裡總有人罹癌……從生活的枝末小節，都可以看到他們的「不健康」，大量的微波食物，加班指數據說是全球前三名，離婚指數似乎也是高的。大部的人是那樣理所當然地盯著電視吃飯，認命地做無聊的工作賺錢。

自我先生上班後，我婆婆每個月跟他收八千塊錢。還愛比較，說某某人的兒子給她母親幾萬塊。她原來是某國小的行政公務人員，退休坐在家裡看電視領的錢都比兒子的薪水還多許多。她到義大利買了一對五千塊的杯子回來，到百貨公司買了一塊幾萬塊的毛毯，用途是天冷時看電視可以披著。她說，她就是愛玩。她不做家事，杯子用了一堆放在茶几上，等到茶垢長得像青苔；或是水槽裡的碗盘堆得發出臭味。

我婆婆以職業婦女、單親媽媽爲名，不做家事的。家事是我先生做的。這個家沒有早餐、午餐、晚餐。這個家是亂七八糟的。他們不歡迎外人來訪，若難得有人要來，必得大收拾一次，將所有雜物先丟到房間裡，把房門關起來。每一間房間東西多得像倉庫。

我婆婆把我當成他兒子的一支袜子，或一件衣服。她難得要煎魚，每人一條沒有我的分。有次她還特別叮嚀我，不能吃葡萄（那是給她兒子吃的）。當她得了癌症時我只希望她死了好，我變得像潑婦一樣，像一壺熱水。這和我本性是極大衝突，我看著陌生人的葬禮都會流淚，我在破爛的醫院照顧過沒有家人的垂死外勞，我曾用木箱子從海邊載了一隻遭人類毒手的野猴子回家，還叫父親是醫生的朋友拿點藥來。天知道我多善良，但在這間家我的被壓碎了；我找藉口有事不去醫院陪她，她大手術時我一點都不著急地在外面閒逛，她住院我尤其快活，在家裡蹦跳。

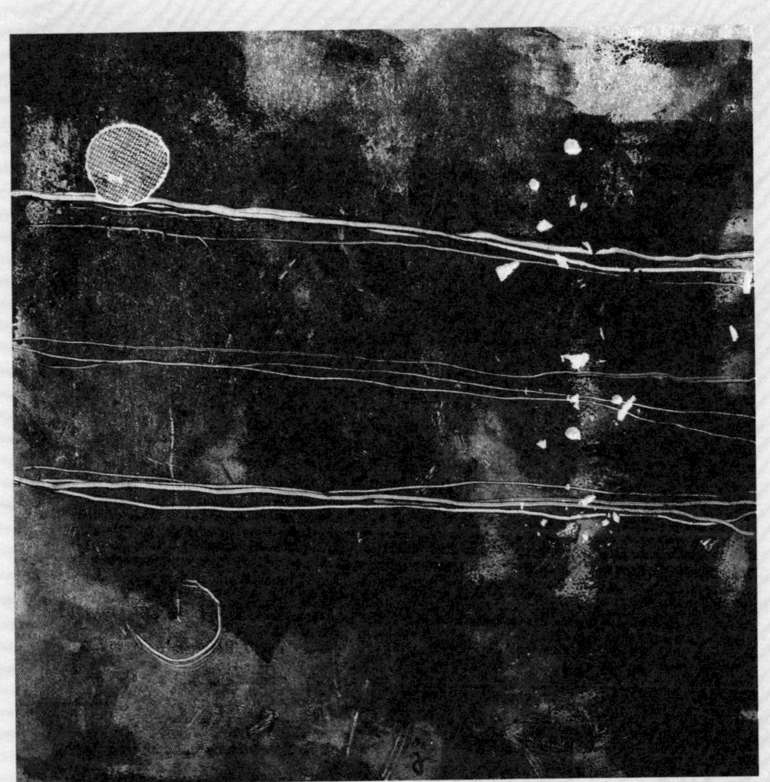

我婆婆成了灰燼

我婆婆快死的時候，已經黃膽好一陣子了，全身都是黃色的，以及做化療的光頭。她很矮，微胖，一輩子的夢想就是要減肥，生病後期也都吃不下，一年來，漸漸的游泳圈不見了，她的臉原來很肥，後來，也緊實了些。黃色的肌膚、黃色的臉、黃色的光頭，到後來白色的眼球也變成了黃色。她先是全身無力，無力自己洗澡，也不太走到客廳，最後五天，她住進了安寧病房，一直在昏睡，開始要包尿片，親友見了都忍不住的流淚。

那是我第一次到安寧病房，在一樓，有一整片的落地窗，看起來像宗教宿舍，外面還有庭院，種了些樹，是間溫暖的大房，只可惜除了我，沒有人注意到這住處的可愛。我像郊遊一樣到那裡，看見我先生眼睛總是紅的，我小叔還有說有笑，從母親患病到死亡，他一直都有說有笑。

醫生說，應該讓她回家一天。

那一天，我先生背她上二樓，讓她靠坐在客廳沙發上，從南部來了她的好朋友及親戚。她已經沒辦法說話，也坐不起來，偶爾睜開眼睛，沒有神的眼睛。看護拿注射器餵她喝營養品，她不會吞嚥，看護要不停地叫她的名字、不斷地呼喚，親友們都在旁邊輪流喊她的名字，喊她，吞、吞、吞，吞下去。

我出門買了十個便當回來。

下午，來的人更多了，多到小小的客廳、餐廳站滿了人，我從來也沒見過這些人。有教徒爲她禱告，後來牧師被叫來了，她

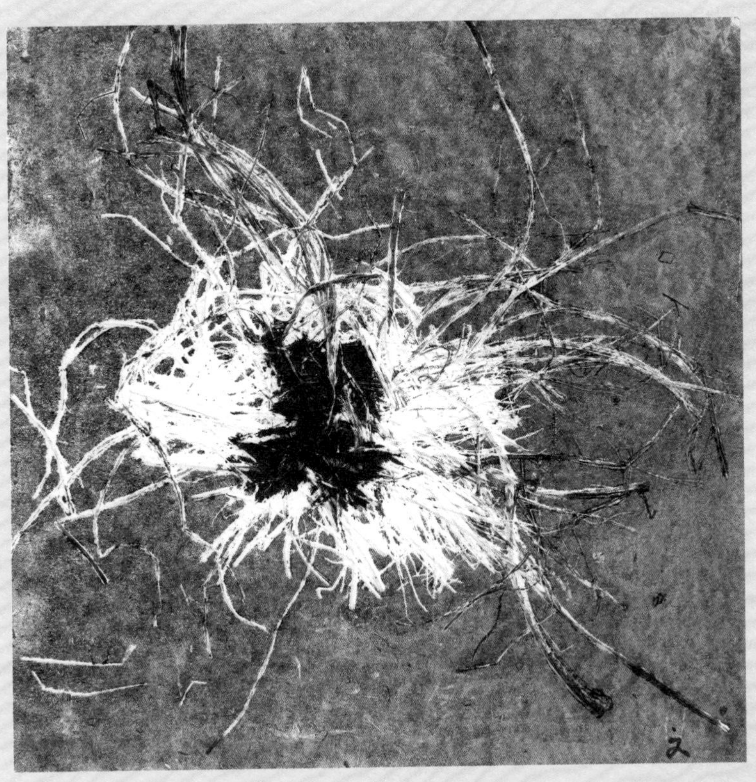

們開始大聲唱歌，整座房子的人都在流淚。那些人看見病態的她所以流淚，她躺在那裡任人們審視，他們害怕這一天也會降臨到自己身上，所以預先爲自己落了些淚。

過去，她的時間被無所不在的電視聲所淹沒。她滿意、甚至著迷於這樣的生活方式，她認爲這樣可以不用悲傷，她要做的只是不停地轉台，轉到開心的、談論別人八卦痛苦的，她不再看那些騙人眼淚的玩意，她想，只要這樣，生活就只有歡樂。

她身上先是有了失婚後留下的裂痕，接著又添加切除子宮後，她不忍看的一條粘她肚皮上的尾巴，她身爲女人引以爲傲的性感與身材先是消失，連女人獨有的生育功能也被奪走，後來，又添加了一條在肝臟上的縫合線，她一直認爲生病是因爲那個男人引起的，這一切苦痛皆源自於失婚，她的人生越來越沉重，心裡越來越單薄。她受限於一個「失敗」關係的束縛，欲罷不能。

之前，她得化粧且穿著亮麗出門。而生病，讓這層包裝鬆軟撐不起來，她閉門不見親友。第一次，她長時間感受到自己的身體，骨骼、肌肉、細胞的拉扯，睡覺與躺臥的樂趣消失了，她感到前所未有的無聊、無所事事。過去，她填塞各種各樣的活動，咖啡、音樂賞析、電腦、唐詩、素描、水彩、書法……她喜歡聽見別人說，妳好熱心、妳好有內涵、好有氣質，只要拿起與音樂、美術相關的把戲，她也覺得自己是高雅有氣質的女人。可是現在，這扇門關起來了。

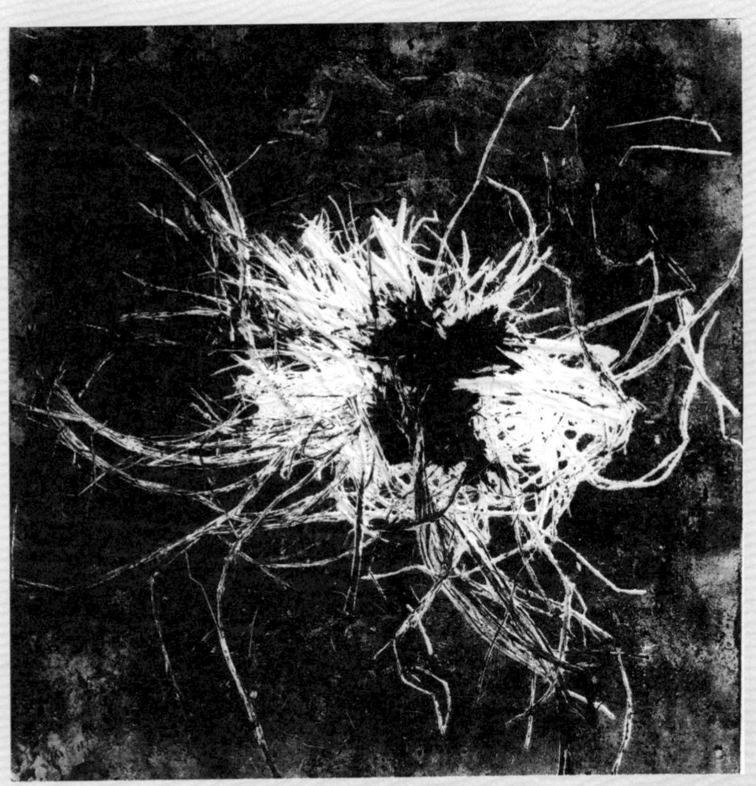

她回家那天，一直都依偎在客廳的沙發上。我先生想讓媽媽回到自己的房間、自己的床上躺一躺，可房間的通道放了太多的雜物，看護覺得不方便，所以，那一天，一直到晚上送回去醫院，她再也沒有踏進房間。

她斷氣了。在用力殘喘了一夜之後，在一張陌生的床上。她一直無法原諒上帝將她鑲在這個位子上，她用電視與一堆不是真正喜歡的活動與生命玩躲貓貓的遊戲，最後，掛在牆上顏色開始變調的電視目睹著她斷氣的過程。

很多次，我希望我婆婆的離開。她住院期間讓我感到舒服，隔絕她讓我快樂。我非常親近卻又如此疏離地旁觀她死去的過程。我握過她的手、跟她親近地說話、我見過她肚子上手術的疤、幫她換過尿片、餵她吃過藥；我目睹她體內的痛苦、她的欲望，她念著好吃的食物、好看的衣服。即便是光頭，她仍然讓理髮小姐幫她洗頭，理髮小姐半聲不吭，收了一般洗頭的價錢，我看見她假裝手中摸的是一綹頭髮的樣子。

我婆婆，黃色的臉孔，怪異的向上揚起的唇。唸佛機已經準備好，它開始大聲誦唱著。我先生說，她是微笑離開的，他走得很安心；小舅來了，他說，大姐，好走。人們說，必須儘快到殯儀館，否則，有惡毒腫瘤的部分會開始腫脹，黑色的大袋子，將假髮、項鍊、手飾拿走，手腕上扣上姓名編號，裝進袋子裡，長長的拉鍊嘶一聲封起來。

一路上，兒子們相隨，他們要一直提醒在袋子裡的母親，媽，要進電梯了。要下樓了。媽，要出電梯了。媽，要坐車子了。要出醫院了。要上橋了。要上快速道路了。要轉彎。要進門。要進去吹冷氣了。接著要擲銅板，問媽媽，有沒有跟來，要喊「媽媽！來拿錢、來吃飯。」一直到最後一天，他們要用力喊「媽！快走，火要來了，快走！」只有我，一路相隨，卻什麼都沒說。

告別式在她斷氣之後的二十天。她的身體在像抽屜般的冰櫃裡不見天日二十天，這二十天之中，我先生每天都花一小時的車程到殯儀館牌位前悼念母親，我小叔則不，他什麼都不做。因爲每天必須更換新的水果，所以家裡囤積了前所未多的水果，好像也沒有人要吃，這些水果就如此囤積了快一個月，漸漸從表皮開始腐臭。

我先生說我的家人必須從國外來參加告別式。之前，我大學到研究所的畢業典禮，我家人都沒來。第一次，爲了一個只見過一次面的死人要花幾萬塊的機票來台灣。我媽媽爲了我來了。喪禮過後，帶著她去走走，我先生質問說，你們要去玩？那種語氣好像是我們大老遠來應該躲在家裡爲他的老母哭泣一樣。那個時候，我已經花了很多時間一張張掃描他老母的照片，做成催淚的回顧片，我小叔什麼都不幫忙。

我先生花了非常多的錢來辦喪禮，燒的是好幾箱的紙錢，房子是頂級的豪宅，他訂製一張很大的照片放在靈堂，他不要葬儀社安排的骨灰罈，他花很多錢再買一個，他極不滿意告別式那天他們並沒有將母親化粧得很好看、穿很好看的衣服。他花很多時間寫了一封給母親的追思信，在告別式上唸出來，很多人都在流淚，我沒有，只有我自己知道從頭到尾沒有擠出一滴淚。我穿著孝女的黑衣裳，卻是唯一在場的陌生人。

我婆婆過世之後，我先生連體味都變了，我是唯一一個眼睜睜目睹他的改變，卻無能為力的人。我先生就這樣重重地倒下，被母親的死亡閹割。

我們都是一把灰燼
一把鼻涕一把眼淚

04

我們住在沒有發霉的牆

這場婚姻裡的每一個元素都在慢慢地無聲地發臭。

是任何東西都掩蓋不了的。

這一間房子也是。

我婆婆的房子，不是大小的關係，而是採光及空氣的流通問題。從小住台北的人，很習慣擁擠這件事，因此對空間要求也不大。我們的房子，離對面約是兩台車的距離，對面邻居講話聽得一清二楚；後面的距離更近，辦公室的列表機聲音、冷氣聲、洗衣機聲，都在咔咔作響。

有時候我躺在床上，靜靜地聽著這一切，好像所有的牆壁都消失了，大家都沒有圍牆地住在這巨大的方塊裡。樓下有一個學齡前兒童；對面三樓是嗓門很大的退休女人，老在講電話；斜對面有一條老在吠的狗、還有一位常啼哭的嬰兒；大家播放著不同的音樂；還有學琴者叮叮咚咚地重覆那一段旋律。房子間的距離是如此地近，大部分的門窗都是長年拉下窗帘，長年不開窗，或都將陽台隔成了室內空間，即便你用力打開窗戶後看到的也是別人家的牆壁。只有我，像白癡一樣在陽台種樹，還會在陽台坐著，我成了這個社區唯一還保留陽台的住戶。吸著自己種的植物吐出的氧氣。他們多半在偷看著我，這個瘋子。

這座城市有很多陽光進不去的房子，那些負責盖房子的，不會去想到買房子的人要在裡面過下半輩子，也許是一輩子。這間房子沒有任何的採光，大白天都是漆黑的，因爲這樣，冬

要習慣這裡
方法是要退化成為一棵植物
或一隻動物

天特冷，房裡比外面還陰冷，尤其在台北冬天多雨的日子，空氣似乎就卡在這裡，即便開了門也流不出去。是種像蚊帳的空間感。婚姻像條狗鏈，把我拴在這像蚊帳的房子裡。

這房子沒有形狀，看不見牆壁。它背負了超載的雜物。我婆婆生前特愛購物，她幫兩個兒子買了太多還無法派上用場的東西，或是根本無法派上用場的裝飾品。房子裡除了大大小小的櫥櫃塞滿雜物之外，走道、桌子、茶几下沒有一處是空的，都是一袋袋、一箱箱長滿灰尘的無人知曉之物，連她自己，也忘了三十年來買了什麼東西，她只是不停地買、疊放，疊到房子快垮了，這些的雜物就在房子裡和人擠來擠去。

我花了很多時間整理，其實更想一件一件地砸爛，它們一點用處都談不上，還很神氣地霸占了居住的空間。死者的牌位突然之間讓我意識到這間房子是這麼地老，甚至有青苔，有霉味。更關鍵的是，對這樣的狀況是無能爲力的。因爲是母親買的東西，兒子們無法就此丟棄，甚至每一件都是寶，無法丟棄的寶，那些也許是某天在市場特價出清購回來的小玩偶，每一件都成了寶貝。我們只好在死人的遺物裡打轉。我偷偷將她嶄新的毛手套剪開了五個洞，讓手指伸出來；我剪掉了豹紋的部分。我用自己的方式使用她連標籤都沒剪的衣物。我在她的衣物裡整理，嘖嘖稱奇，裝箱。我先生拿著一件土黃色的長大衣，妳可以穿。我說，過時了。這些衣物都還很好，就留著吧。留著幹嘛呢？我有時可以拿出來聞一聞我媽媽的味道。

這社區這幾年還有一種現象，因爲屋齡超過二十年了，總有幾戶人遷走，新入戶要做的第一件事是裝潢，將地磚、牆壁通通掀掉重新來過，那種噪音就像直接搗在你家牆上一樣劇烈，持續好幾個月，並且是輪替著的，這幾個月是樓上，之後是樓下，之後換對面的，方圓百里內，就這樣來來去去近乎一年，我幾乎快瘋了，心想家裡若有老人小孩無法出去會是怎樣的痛苦。可令人吃驚的是，我小叔他照睡不誤，我先生也沒有如我般的強大感受，我真正納悶，能夠忍受高分貝的噪音也許也是城市人的能力之一。

我爲我的貓兒子打造了一座陽台花園。這座陽台接收不到陽光。被旁邊的大樓擋去了。是它們玻璃反射下來的陽光投在我的植物身上。我的植物拼了命往外長，所有植物成爲一種向外長的弧線，留下幾片葉子扁扁的在陽台裡。植物不服從於這裡。我的貓兒子也老是想向外跑，牠老愛跑到陽台外坐在樓下人家的屋頂上，看都不看我。

我媽媽每天掃地，還用濕抹布擦地板，家裡有一股乾淨明亮。我先生家則相反，據說，他自大學起便負起清掃的工作（他媽媽及弟弟從沒拿過掃把），他在南部讀書每個月返家一次。我小叔不做家事，我婆婆的房間則似乎是不需要打掃的，因爲東西太多了，沒有任何地板可以被關心，自然也看不到什麼灰塵。結婚以後，很自然地這個家的清掃工作成了我的，我每週用一次。若我不做，事實上，他們也看不見，因爲白天是昏暗的，即便開了燈，燈也是黃色的，沒有人會注意到地板，他們只注意那台電視。

他們兩兄弟對家事的態度，令我在做家事時是加倍的困難。他們吃完、喝完的杯子、碗盤從來不會馬上清洗。我婆婆在世時，我聽過他們享樂的理由，放著有什麼關係，等心情好再去洗，可通常，一放就是一兩天，更可怕的是，只要有人開始放了第一隻碗，後面的人又會繼續放下去，水槽堆滿了碗後，更加沒有人想去洗。這現象和電視脫不了關係，通常，他們從吃飯時便盯著電視，吃飽了甚至碗筷都放在桌上，一副等人服務的樣子，直接繼續看電視去了，看完甚至不用洗澡就上床睡覺。

我老記得我婆婆臨走前回家的那一天。她回家，卻因爲雜物太多沒有進到自己的房間，沒有辦法躺在自己的床上。她浴室裡的浴缸裡堆滿了雜物。那個時候，家又是那樣的昏暗。那個時候，那麼多不相干的人看著她，她退化成了一個小小破了的娃娃。

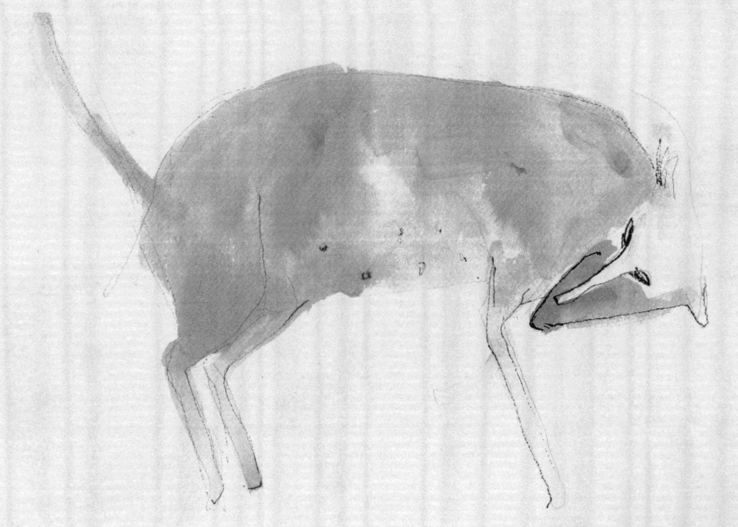

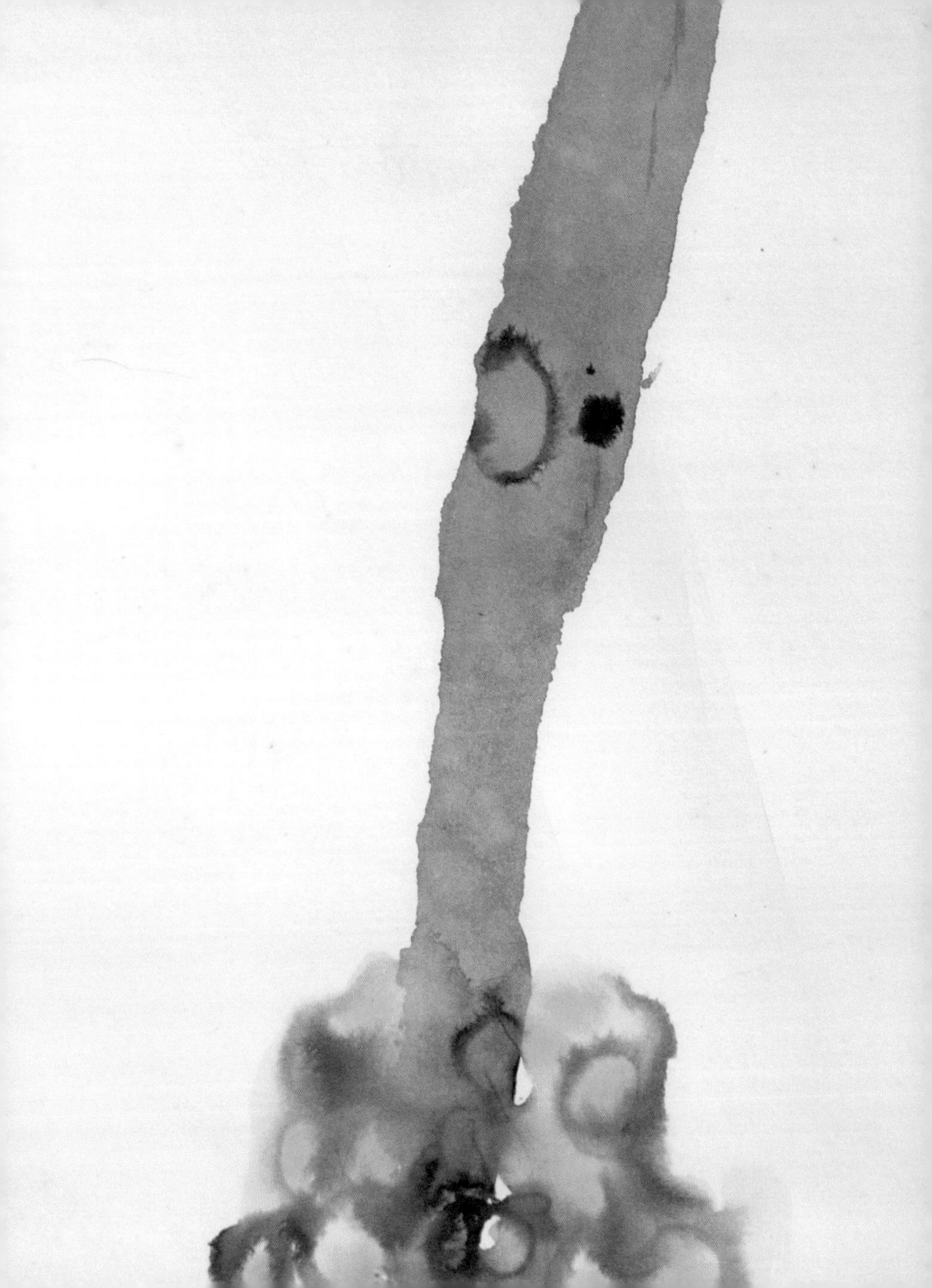

在黑暗中發芽的種子

那是一顆直逼我的種子
在我肉體生根
忤逆所有人
張牙舞爪地長大

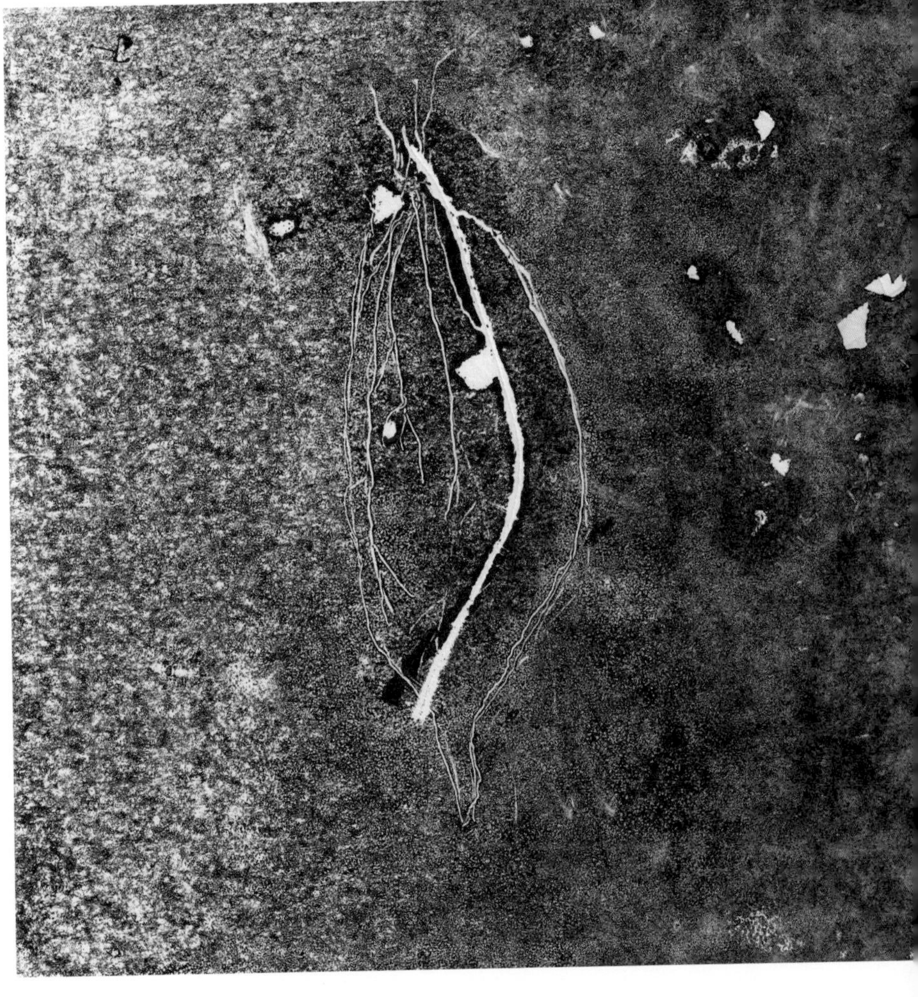

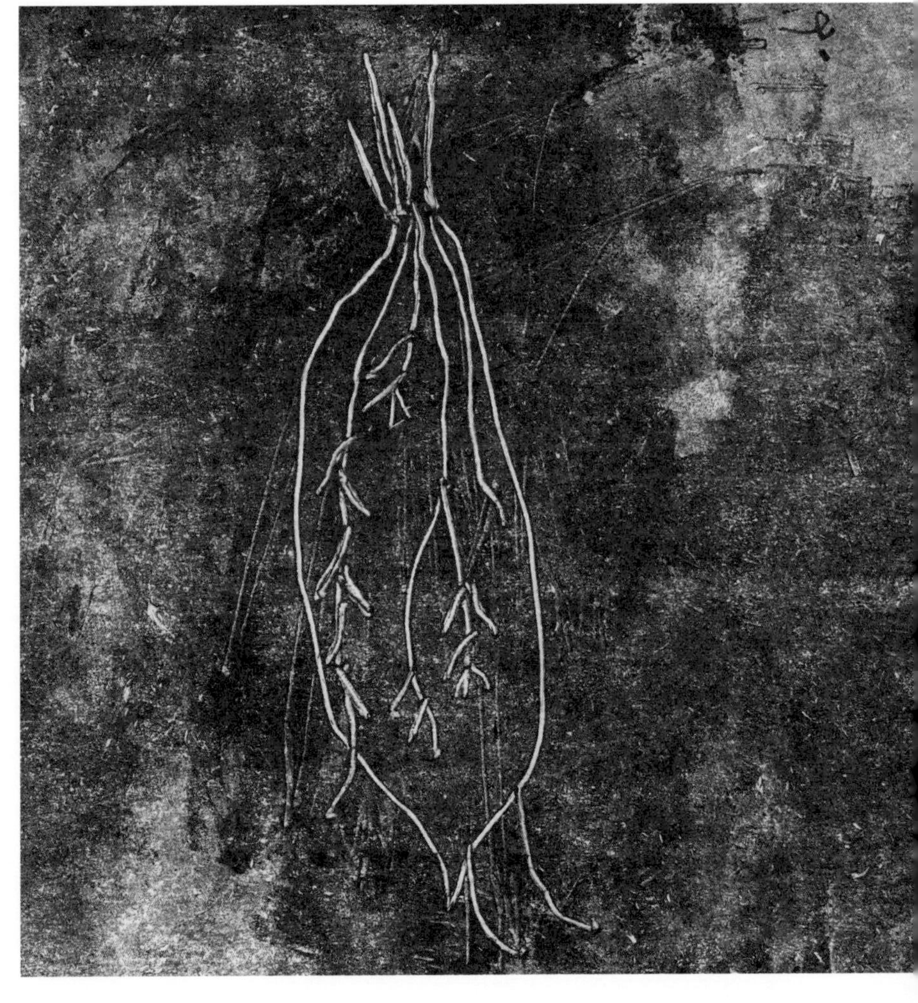

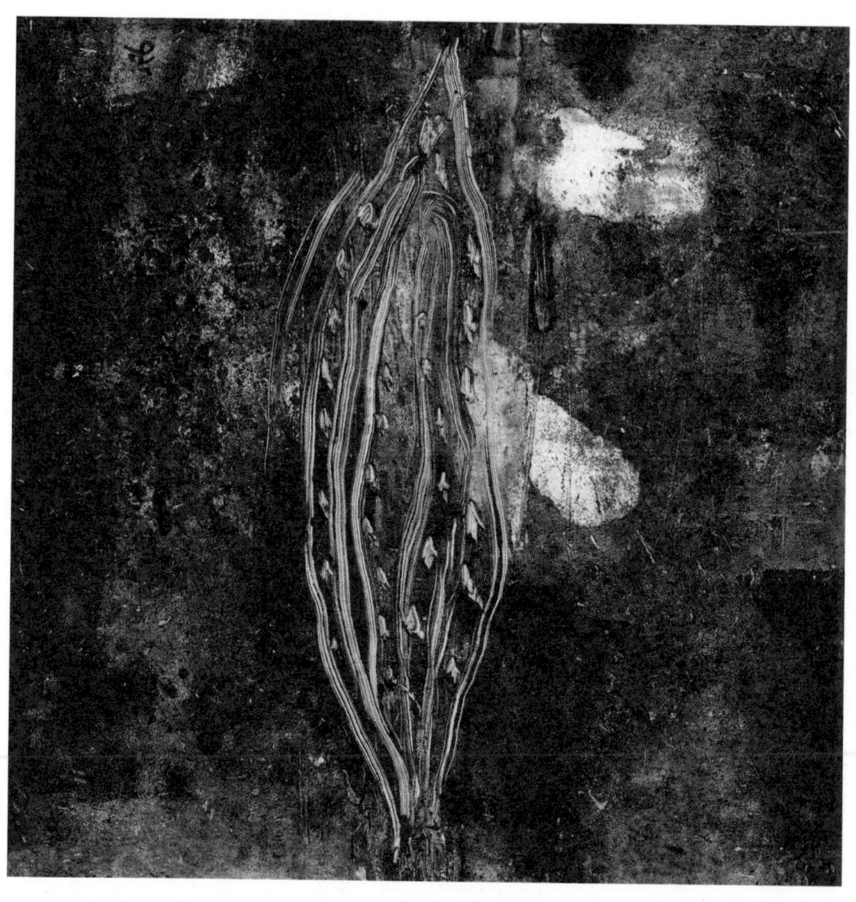

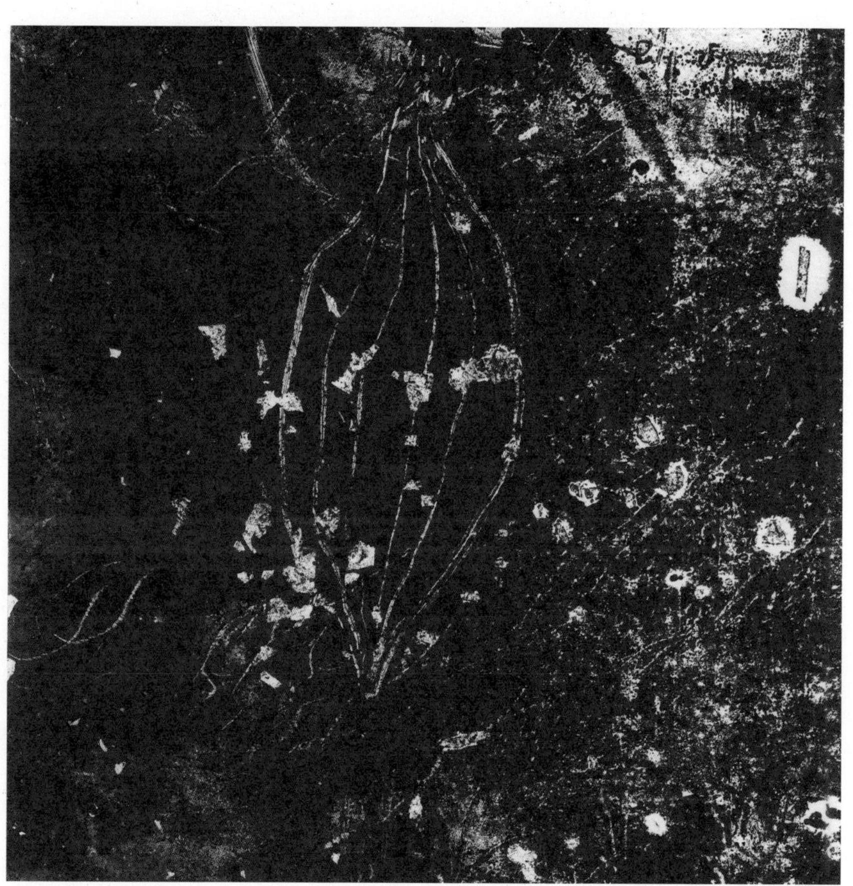

他要我像
灰尘一樣
被吸尘機
吸走

05

故鄉裡有一座像泥濘的海。常有塑膠袋卡在樹枝上鼓鼓作響。

我先生說，那樣碎爛的地方，碎爛的氣味。

他說，你們那落後的地方。你們那不健康的食物。

他簡化我的故鄉，鄙視我的故鄉。

我曾向他提起，我過年想回家，他的回答是：不行，要拜拜，要去大伯家吃飯，他認爲，拜死人這件事，遠比、肯定比我和家人團聚更重要，他心裡完全地不想讓我回家。他認爲，我身爲他的老婆，是一種工具，這個人肉工具，是要做家事、煮東西、生小孩、帶小孩；這個人，不需要有任何的思想及意見，他不滿意我想太多，他需要一個女人來顯現出他的強度，婚後他發現我比他更強，產生了不安全感，認爲這個女人不但隨時有能力離開他，還忤逆他。於是我說，那你很適合找那種因爲家裡窮困而願意嫁來台灣的女生；他說，那會有教育問題。我說，不會啊，現在新住民很多，有課輔什麼的。他竟然說，那我的小孩隨便讀一讀都可以贏很多人。

我先生不想要做任何的改變，他覺得這房子非常的好，是他們一家人的回憶。他認定一種刻板的生活：生活就是上班賺錢，二十年後退休，那時候才是實現夢想的時候，即便上班不怎麼快樂，他能夠平衡上班的痛苦以消費的快樂。

每一天，我不是摟著男人而睡，

而是吸著一隻貓

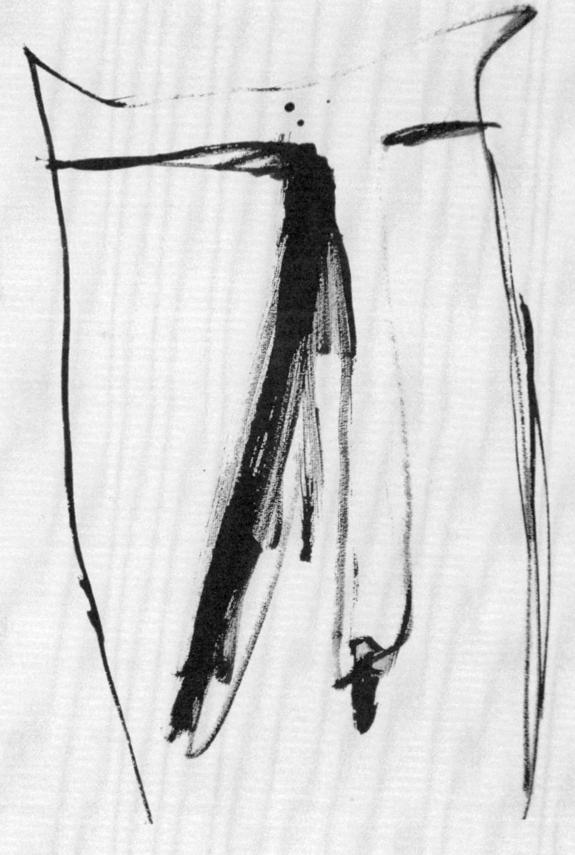

他的生活和二十年前的生活是一模一樣的，從上學、電視，成了上班、電視。

他一直否認及漠視我的不快樂，像之前否認我對他母親，現在對小叔的疑惑一樣，他甚至忽略我家人的存在，無法同理我的異鄉人情結。他認爲他對我很好。很好的意思是有時晚餐或假日一起吃飯，是他付錢；一年三節（過年、端午、中秋）他公司有發獎金時，會給我一些錢去買衣服。他認爲，付出一些金錢，便是對你好的意思。

有時他會很生氣地說，一定是因爲你沒有生小孩，才會那麼想回去，然後舉某某人的老婆爲例。他不只一次說：你再生不出來，就滾回去。婚前，他認爲結婚是爲了可以有個人陪她退休的老母，老母過世後，他極需一個塡充物。他想要小孩這件事，我很清楚不是爲了愛，光只是他幻想的一個塡充物，我很清楚小孩會讓我的生活完全地改變，但對他不是，他一樣的上班，只是提供精子和金錢。他需要一個小孩打發時間。因爲，他已經過了三十多年，以電視打發時間的日子。

老母過世後他尤其的空洞，是真正的空。首先，他去補習，把自己塡得滿滿的；接著，他花老母的遺產買了一台車，這台車目前大概一個月只開一次去賣場買東西；他買了一台頂級相機，到現在沒用過幾次，拍出來的照片比傻瓜更醜；最近，買了一台頂級音響，這個價錢可以夠我很好地活兩年。這些物質都塡不了他的空，現在，他想要一個活的東西。我想著，

尤其的可怕。爲了成爲某個人的塡充物而來到這個世上。

在這裡，每個人只是他的玩具。他是少爺，被老母寵壞的兒子。我是一個人。身邊的樹都看到了，但是他看不到，他習慣看不到自己的老婆，他看到一個極好用的工具。他對我的要求，和對一個外傭沒有什麼兩樣，除了一起睡覺這件事之外。一起睡覺這件事，對我是一種折磨，我早睡，他則享受電視時光，當他進房時，淺眠的我會被吵醒，有時他鬧著要性愛，但我真的睏了，就算做了，我也從沒享受到任何的愉悅，早上的時候，他總賴床，鬧鐘要響三四次，被吵醒的是我。

他看電視的時間比跟老婆在一起還多，並且固執地認爲，生活就是這樣，就是吃飯、看電視、睡覺。他不會和我說話聊天，沒有關心過我，回到家便是坐在沙發上轉台。他說，我對你不好嗎？當我搖搖頭，他開始發怒，你沒上班我還是會養你，至少你不用擔心三餐的問題。但我結婚從來都不是爲了一張飯票。

若我跟他都在家，他可以從任何鷄毛蒜皮的角色令我難堪，任何家裡污損之處都指名是我做的，任何他寶貝弟弟做的事他也都遷怒到我身上，比如他在垃圾桶裡發現一個破掉的盘子，他不會去指責他弟弟，直接說一定是我弄破的，若家裡很髒，他也會將怒氣出在我身上，甚至，有時他會怪罪我對他母親生前不夠好，等等不但莫須有，更會讓人難過的指控。

他從來不自覺。有時我復述他對我的言語，他只會像患了失憶症那樣否認，或是坦承，我就是這樣，我就是這樣。和他結婚，除了要接受他所有的缺點、合理化他所有的行爲（而且他擺明自己是不會改進），還得去接受這間房子，以及他的廢物弟弟。不止如此，我還得面對這座擁擠的城市、辦公室、幾乎沒什麼樂趣及互動性的工作（關於這份工作，我先生卻很肯定它，認爲它非常的穩定，他只在意收入的部分）。婚姻這件事，好像是我人生中的炸藥，一下子炸爛所有美好的表層，只剩下枯醜的支架。

他動不動怨我。怨當初跟我在一起剝奪了他和他老母相處的時間。說過去他做的飯都是爲了她老母不是真的要讓我吃。他對我失去了性趣，說一做愛，便想起我對他老母不好。有一次，我在電腦裡看到他和另一位女生的親密合照。我沒有說話，我拿了毛筆及墨水，在他家的所有牆上塗鴉起來。他和很多男人一樣，認爲外遇是我的問題，當我在這裡爲了他假日去上班，他騙我說到嘉義陪外婆，或是出差；當我在家裡拖地，他在門外抽煙。我想，回家的時候到了，這件事，讓我可以義無反顧去離開他，離開台北，離開這間令我不愉快的房子，離開這群看電視的人。

他說，「你要回去也可以，反正現在我有條件了。」他收入開始穩定，日後升遷，薪水會越來越多。這便是「條件很好」。「妳連個台灣人都不是！」他說出了這句話。我掉在黑色的水窪裡，無力動彈。他認爲我若離開了他回到家鄉，會失去依靠、會很窮、會過得不好；他認爲我應該感激他，讓我在台灣完成了研究所學位，且在他的幫助下（常常吃他的）包括不需租房子而有了一些積蓄。

他非常合理化自己的行爲，「既然你在這裡不快樂，就回去吧！」我在職場上沒有遭受任何一些的歧視，但我在這個家庭裡，在最親密的伴侶身上，他像雷一樣轟炸了我，他畢業於台灣最有名的台灣大學，研究所畢業，他要我像灰尘一樣被吸尘機吸走。

廢物的力量可以毀掉我的婚姻

我婆婆過世後，死者的力量還是足以毀掉我的婚姻的，若母親節我不拿蛋糕拜她，我會被轟出門；不止如此，我形同廢物的小叔，也是足以毀掉這場婚姻的。若我不接受廢物，我先生寧可和我離婚，因爲廢物是他唯一的親人，他得「好好照顧他」。我得壓抑自己不去討厭他、不能抱怨他、不能說一句有關他不好的話，否則我先生會斥責我，叫我回去、不用再回來了。他還會動輒怪我，妳當什麼大嫂，不會幫他找工作嗎？我是一個工具，我小叔是一個人。在和廢物的存在下，對比尤其強烈。

我得和我小叔——一位三十多歲，沒上過班的廢物，同住一房子裡。台北房價高，這兩兄弟誰都買不起房子，只得共生。誰也不願花錢租房子，即便這裡亂得、雜得像倉庫，在這裡得過且過。我比他女朋友更瞭解他的作息，更瞭解他的廢物人生。

我小叔被我稱爲廢物不是沒有道理的。他除了沒上過班，從來也不會做任何一丁點的家事，小至將垃圾拿到樓下、將廢紙去回收等等，他像極了一塊坐在沙發上看電視的廢物，任憑廚餘多臭，他都不會幫忙處理。他的理由不外乎是找不到工作。或者是，他已經非常習慣這種不用上班的生活。他不做任何的家事、或者是他不會做家事——不曉得碗吃了要洗、垃圾要倒、地要掃、要拖。我們除了要負責掙錢，朝九晚九，還要做一切的家事。

請他幫忙任何一件事，幾乎只有將自己惹毛而已。親戚熱心幫他找工作，他連履歷也不想提供，請他處理什麼，他不是睡過頭就是忘了。他對母親的過世並不特別地難過（至少不像我先生那樣歇斯底里，母親生病時他在當兵，休假時他也沒有在家裡陪母親）。

廢物的人生，打從高中起就是失敗的臉孔，他任憑他人生失敗、注定的失敗，所以他不需做任何的努力，他擺明的是一種失敗、需要被協助的姿態，需要被所有的親人協助（因爲親人無法將他棄之不理）。我婆婆在世時，她是他的金主，他想出國玩，她會給他錢，他大學唸九年，她給他充足的生活費。老母臨終前，小叔還是一樣不成材，哥哥只得答應母親，會好好照顧他。因爲這句話，哥哥養起了弟弟，負擔起家裡一切的水電費、社區管理費、網路費、電視費等等。於是造就了廢物。自從母親過世後，他以最高的容忍度去護著弟弟，他倆成了世上相依爲命的兩兄弟，再也沒有別的親人了。

小叔不光在形式及內容上是廢物，還壓逼著我的精神。他的廢物狀態至今維持了整整十年。十年內我換了三份工作，我和先生每天早上一個接一個掙扎起床，小叔還在溫暖的夢鄉裡。每天我們疲憊地回家，看到的是他在沙發上舒服地看電視，大聲地笑著，他像智障一樣看卡通，看重播的電影，聽幾個小時重覆的新聞。

他花著老母留下的遺產。他老母留下的錢，夠他省省的活到老死，且與兄長共有一間公寓。他沒有急逼的動力去求職，他悠閒地睡到中午，甚至更晚，起床後坐到沙發上看電視，看膩了打電動或看A片。他花大量時間和女朋友聊天。他女朋友非常碩大，努力想穿著討喜，用心打扮卻更顯笨拙，並不在意他沒工作，只要有人可以隨時陪她聊天，有人可以安撫她的肉體。她喜歡在街頭和他擁抱接吻，喜歡一切自以爲是的浪漫。她曾在接吻的當下瞥見我而停止。他們電話常常動輒一個小時，盡是些如高中生的幼稚言語，事實上他們已經三十多歲。

有天我趁他不在時在他門外的牆上亂塗了一些如石頭及廢物的圖畫，每位客人來家裡看到這些都沒人多問，似乎在心底都明白，他確實是一個廢物。常常我早上上班快遲到無法丟垃圾或厨餘，我也想「測試」廢物的反應，結果他總可以忍受一切的臭氣或髒亂，一樣老神在在地坐在電視面前，有次貓在客廳吐了一地，我來不及清理，結果他和他的豬朋狗友在客廳吃便當看電視，彷佛地板上沒有穢物一般。

我先生有時會煮他們一家人愛吃的菜，也叫廢物一起吃，廢物便會像餓壞了一樣吃了好幾碗的飯，我先生憐愛地想，我真應該多煮老母生前大家愛吃的菜，可以共同重溫過去的時光是多麼美好啊！我則像洗碗工一樣要伺候他倆。他總是憐愛廢物，不忍心去責備他，光是想到他是世上唯一和他擁有共同的母親記憶這件事，他便不忍心催促他去找工作，想用自己的薪水穩定這個家庭，不忍心讓弟弟有任何的壓力。他總是想，看

你没有血了嗎

電視總有一天會看膩的，就由他去吧，可憐的弟弟，老母這麼早就過逝了。

我先生用盡一切方式想和廢物有所互動，即便在我這個局外人眼中看得一清二楚，一切都是為了談話而談，內容從來都是家裡的電器、音響要不要換？要不要買電暖器？電視要送修，修好了沒？冰箱不冷了，有叫人來修嗎？再不然就是，哪個親戚死了，要去送白金。這幾年，他們換了音響、共同買了電動遊戲機、電視送修、冰箱也維修過。這是他們的十年內主要的談話內容，其它則是小事物，電腦、手機等等，總之都是和花錢有關的談話。

有時，我先生看到某工作職缺，會鼓勵廢物去應徵，他會不假思索地說，不要；或說那個啊，登很久了。我先生的好朋友開了漢堡店，問他要不要去幫忙，他說，不要。我先生不會責備他，心想，他有自己的理想，就不要逼他。

這期間我們想要生小孩，想要改變目前的生活。但廢物讓我對這件事完全地倒盡胃口，只要一看到他，只要聽到他講電話、看電視、打電動的聲音，我便成了一塊石頭，被人扔在泥地裡，沒有發出聲音，被人忽略與踐踏。光是看到廢物，我便對生孩子這件事完全地放棄，我害怕生出一個廢物，我害怕孩子看不到大自然，我害怕我小孩在沒有陽光的房子長大，我害怕我小孩從小一天到晚看電視。為了廢物，我和先生產生無數的爭執，那種你明明知道沒必要、不值得，卻又禁不住要去對他發怒、看不順眼他。

這個家和十年前一樣，看上去很好，裡頭卻早在他們的老母離開時便崩壞。我沒有向誰說，也無處可去，每一天，我總得回家，我總得面對。若有人問起我關於這段生活，我會越哭越不可收拾，彷彿這十年來沒人關心過我一般。我變得動不動容易泛淚光，要流淚，我像小孩子那樣無法表達而哭，不知道該怎麼做而哭。

廢物就這樣什麼都不做的過了十年。要是沒有他，我先生會快樂一些，我也會更加的愉快。大家都會好過一些。這十年，我先生非常明顯地變老了，因爲他得上班掙錢作爲家裡的支柱。即便他不是很喜歡這份工作。他常睡過頭而遲到，早上鬧鐘至少要響三次他才起床。他開始抽煙，他總是擔心弟弟，擔心他的未來，擔心他的成家。他喝酒喝得更兇，想要一醉地睡去、想藉忙碌的工作去忘記想念母親的痛苦、以及弟弟帶給他的困擾。我當然也變老了。每天擠捷運，在通亮的辦公室裡用咖啡強逼專心，老闆就坐在我後面，隨時監視我的一切。我近視加深了一百度，屁股多長了肉，每到週日下午想到隔天要上班就失去動力。

廢物卻是越來越年輕。拜十年來沒有任何壓力的活著。他沒有感謝過哥哥爲他扛下的一切，他一樣不做家事，不負擔管理費、水電費、日常的一切開銷。

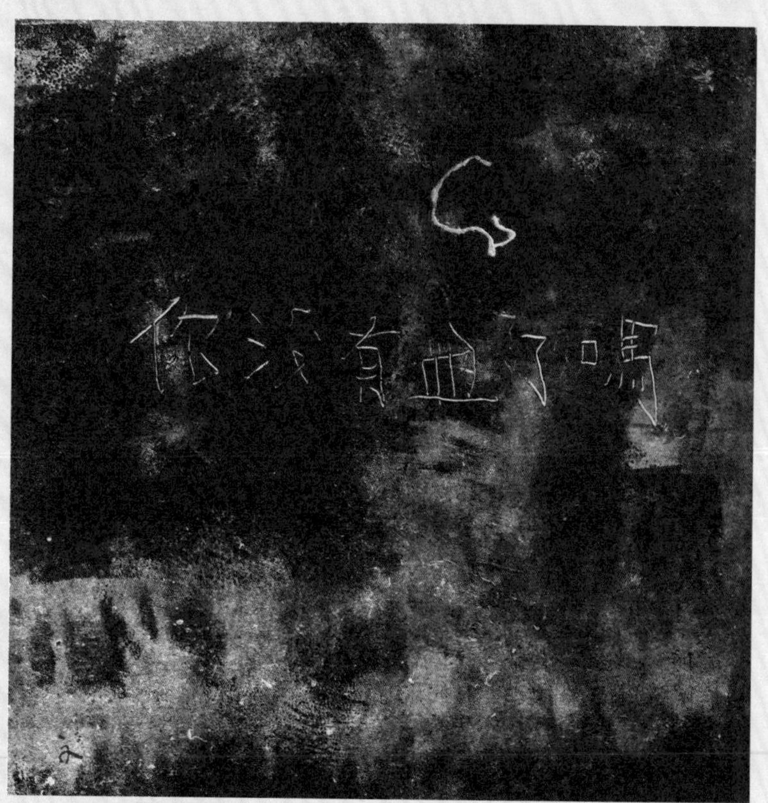
你沒有血了嗎

我得把自己稀釋

才不會生腫瘤

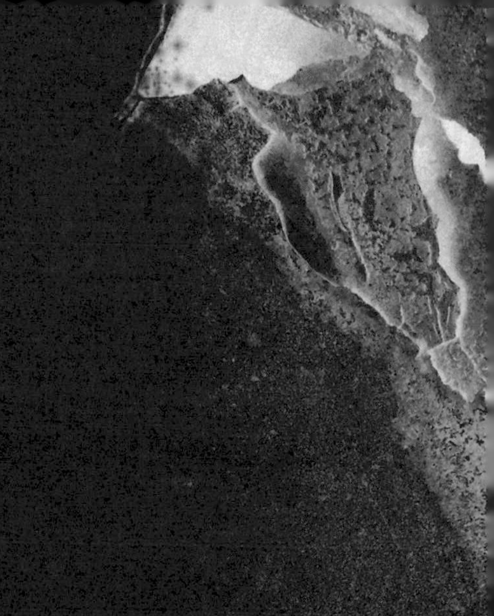

理所當然的漂移

那一天我從田野走出來

裙襬上粘著一朵乾癟的花

那是母親種的花

母親說，給你一朵鮮花呀

我說，我跟別人不一樣

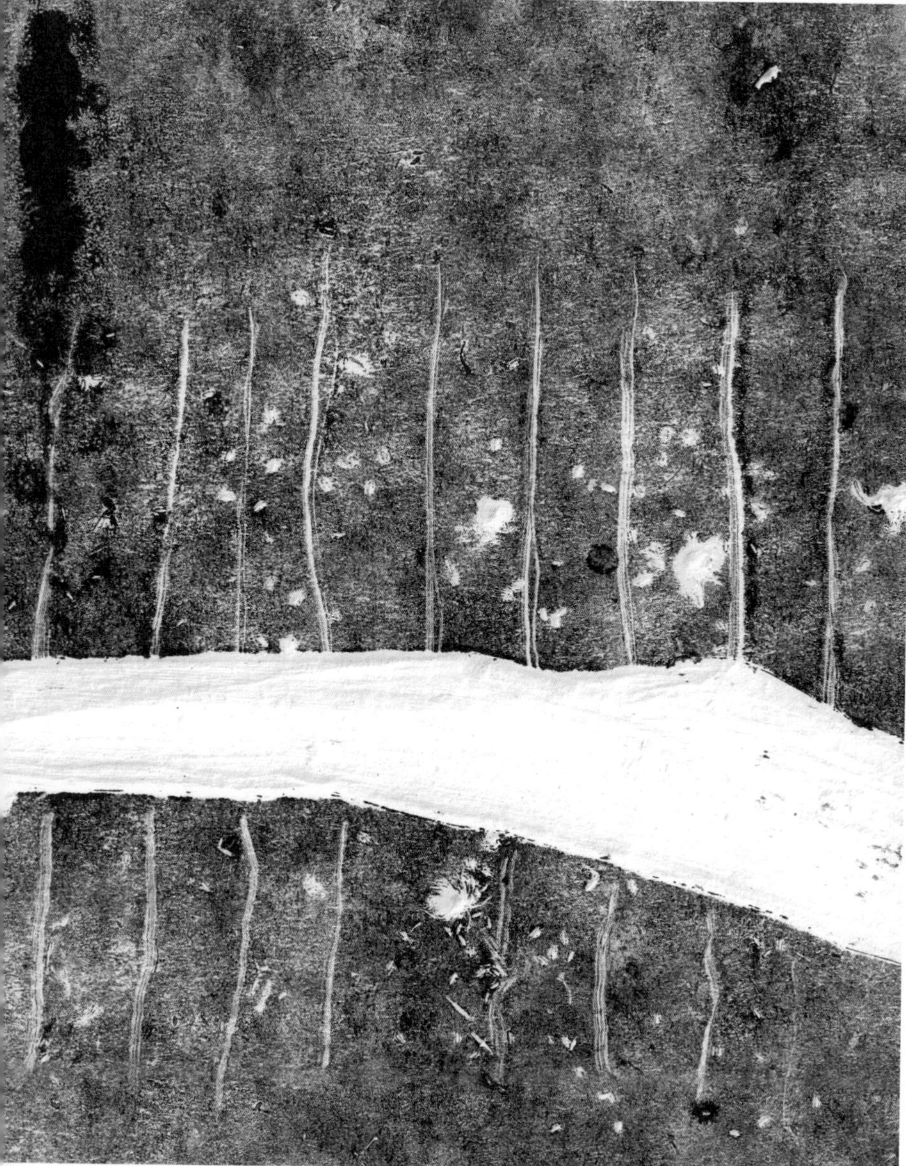

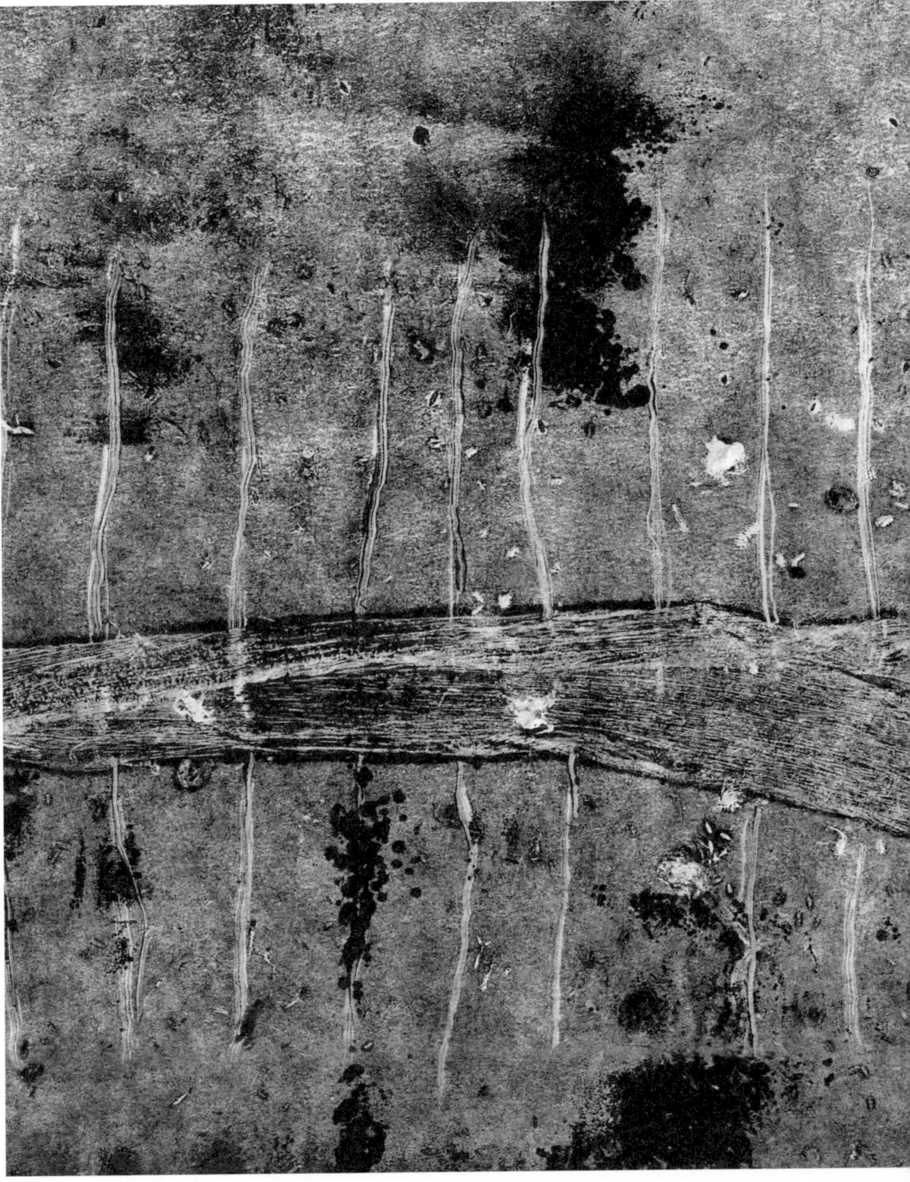

牠

成了我媽媽

缺乏互動性是這裡的問題，大家都太忙、太累了。之前，我遇過幾位喪狗之人，只要提起那隻狗，他們的眼裡一定泛著淚光，經過這些年的城市生活，我也明白了，那樣朝夕依偎的動物取代了人的位子，我們全心全力地關心動物，因爲在人的身上得不到任何的溫暖。

當然，若不是這場婚姻，我永遠沒有機會和動物這樣的親密，沒有機會這麼近距離聞著動物的體味。我媽媽說，把貓丟了，貓不能天天關在房子裡的。但我匱乏得把一隻貓當成母親。我的熱情被電視打爛，我不得不用一隻貓來收納這裡的一切。牠是一座森林，我可以在這座森林裡得到空氣。於是我身上黏滿貓毛，髒得像地板。和一隻貓的肉身在一起，帶著破了的夢想。我不管他們用異樣的眼光看我。

牠成了我媽媽。很多的夜晚，我依偎著牠的身體睡去，或是輕輕地碰著牠，就像小時候靠在母親的臂彎一樣。我在牠的身上磨蹭了很多時間，在牠的身上得到了前所未有的肉體和精神上的安慰，就在我將鼻子埋入牠的軟毛之際，那一刻，所有的苦悶在瞬間消失。我對牠的口水味上癮，那種混合在毛髮上的氣味，在牠剛舔完全身，或是蹺著剛睡醒時最好聞，我對牠的一切都瘋狂上癮，彷彿我的嗅覺，已經和牠全身的毛囊膠粘著。牠身上的體味，載著我回到童年的家。牠強大的氣味力量，將我拉回童年的那條破被子，拉回母親的懷抱，把我帶回童年的洞，我自願地陷落下去，深深地沉迷於溫暖厚實的臂彎之中。我被這隻花貓吸引，甚至對任何的男人都失去了想望。

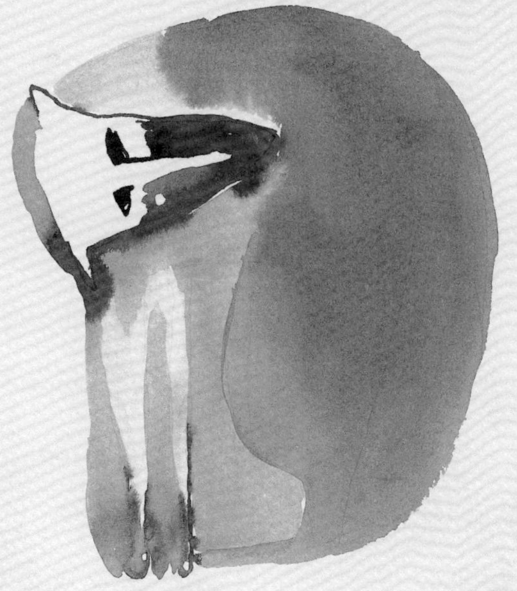

我吸著牠。（用鼻子、嘴唇、臉頰去撫摸牠的毛，這樣的動作稱之爲「吸貓」）牠被我吸怕了，只有晚上才讓我吸，我用鼻子輕輕靠著牠的背部，感受牠體內的器官運動，吸著牠的體味、毛味，洗走一切的焦躁。除了被強逼的上班時間之外，我都和牠鬼混，逗牠生氣、抱牠、摸牠、親暱地吸牠，我不太和人說話，寧可成爲一隻動物，依偎著牠，感受著彼此的吐氣。

每個晚上，我和牠一起慢慢地睡著，我的手讓牠小小的頭枕著，或是輕輕地握著牠的小手，人貓相偎。我的味覺在牠身上奔跑著像風一樣的涼快，吸食著牠濃稠的好聞體味，那樣通體灼炙的快感，我的世界一天一天的這樣被牠明亮起來。牠溫熱了我，牠護著我，是一張毛毯，讓我可以好好地躺下吸吮牠的氣味，安心地短暫地睡著。

我相信沒有任何成人能夠拒絕一個比自身更軟弱的生命緊靠在自己的懷裡睡去，大部分的人只知道和嬰兒的親暱觸感，但一旦和貓同睡之後，就會進入堆滿毛之倉庫，因爲這種親密的觸感而上癮。

牠成爲我生命裡巨大的床。我在這張床上可以完全地撐開，到達心靈上非常明亮的所在，世界因此變得極軟、富彈性、平坦。我想將牠塞進我的子宮，重新將牠生下，讓牠成爲我真正的兒子，是那樣想超越一切的親密關係。不光如此，我常向牠祈禱，央求牠給我力量，當我裂了，便給我膠，牠便用牠那細密的柔軟粘貼我，並且用毛緊緊包紮我。

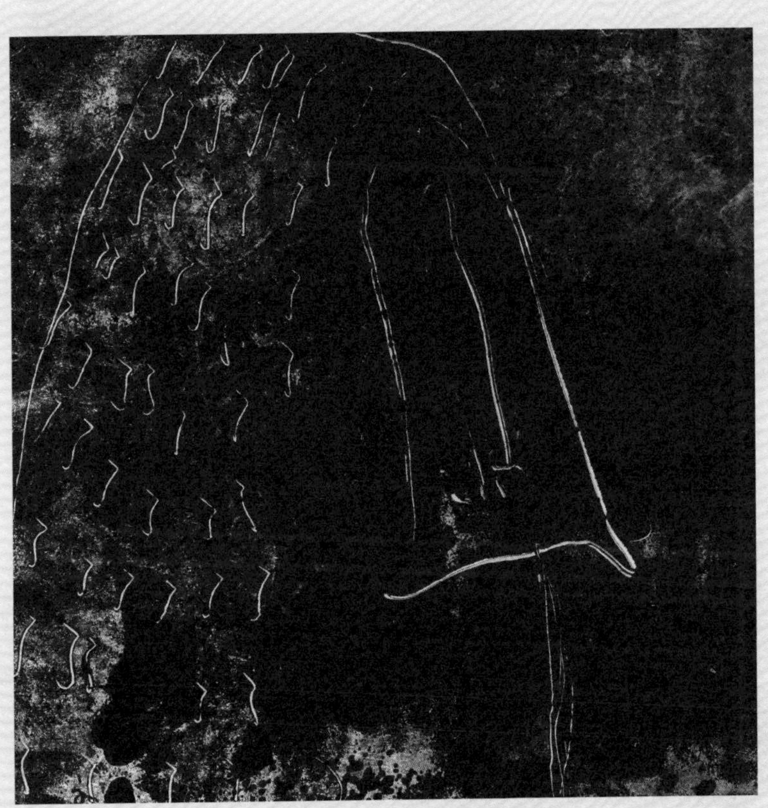

我就這樣專注於一隻貓，專注了十年。牠成了除了家人以外，與我共處時間最長的一個生物。我熟悉牠的重量、牠的側面、牠舔毛的聲音；熟悉每一種與牠接觸的方式，熟悉牠後腿的力氣、牠坐著的樣子、尤其是牠的所有重量靠攏在我胸口，那種強烈的親暱張力、那種鼓脹的力量。

牠的氣味已經滲透到我嗅覺皮質中，逐步擴張牠的區域，越來越是地綿密，每一個毛尖緊連著我的味覺，我被這種氣味俘虜，並且一直持續到現在。牠的味道刺激我的興奮，我總是想要聞牠、和牠有更多在一起的時間、想看著牠豐滿的身體、聽見牠像是鼻子阻塞般通體發出器官蠕動的沉睡鼻息、踡曲的身體有規律地運動著，那種規律產生的秩序感，令我陶醉、鬆綁了我。

這樣對貓的親密，觀察並親近，是一種難以治癒的症狀。尤其那帶尿騷的、混雜著舔毛時的體味，那樣的貓口水味令我完全地上癮。並且，牠是那樣地軟、圓潤紮實，擁抱時令我無比地腫脹，我看見牠深邃的眼睛，像月亮的倒影在水面上，非常的清澈。我盡情地摟著牠的肉體，毫無掩飾自身強烈的撫摸及接觸需求，我知道心底深處，沒有人會拒絕這樣明亮的親暱。

我的生活絕對是病態的。被冠上各種名目的病症「不孝、不友善、沒有朋友、太愛貓」；不看電視、不吃肉，更成爲我無法融入這個家庭的主因；我不善交際、不會做人；這輩子從來沒有辦法照著別人的話好好地做。我知道這世上有很多像我一樣的人，只是我不在那裡。我住在自己的故事之島，泰然處之。

我將牠身上那大片的毛裝進我腦袋，於是
我可以溫柔一些，潤濕一些

我要像貓一樣躺在地上

媽媽，你得體諒
我這麼病態地
傾向

一隻動物

我無處可去

80

還有很多的瑣事，我都不想去覆述了，包括我先生外婆對我清白的誣蔑，說我偷了他們家的金飾，還有很多我不想去回憶的無意義的事，就在我的花樣年華，一場被眾人祝賀的歡樂婚禮後發生，每一次我就像被雷轟一樣，每一次就更麻木了一些，甚至連身而為人的感覺都像是慢慢要消失殆盡。

留學國外、嫁到國外的惡夢，不是獨不獨立或夠不夠堅強的問題，而是有一天你回到故鄉，突然發現對以往愛吃的食物不再有欲望，對故鄉的熱切逐步消融，對故鄉是越來越的陌生，陽光的溫度、日照的長度、下雨的姿勢，都得重新的感受。好像過去二十年的居住記憶，已被曬乾而模糊、脆掉，不太能夠復原了。

常有人問我，你當初怎麼要來台灣？我說，因為我看了很多的台灣書，我想這是一個很有文化的地方。我媽媽問我，你為什麼要回來，每個人都說，台灣很好，你為什麼要回來？台灣不是那麼美好，媽媽。

若你見過我的貓，你會希望我像牠一樣。我得學會沉默。尤其在這個沒有牆的城市，滿布彈孔。我聽見所有人的呼吸，所有交通工具，所有房子的喘息。這裡的陽光是要付費的。我付不起，一室的暗。我依然無法習慣和暗共處，電燈是假的光。

久而久之我像一個假人，全身都是沒有血的白。我不想認識這城市的任何一個人，他們好像是從一個巨大的機器製造出來的，上了保鮮膜，放在功能良好的冰箱，冷冷地看著我。

我需要胖子（貓）來輾過我的生命，來穿透我的生命，來擦乾我的生命。媽媽，在這裡我把胖子視爲母親，我需要依著牠柔軟的毛，就像小時候依在你身邊睡午覺一樣。若你看見我們依偎著彼此睡去，你就會相信，我二十歲以後的第二個母親是一隻貓。牠讓我重溫你的體溫，永遠的，不嫌棄我。若你看見我和牠，一定會覺得我瘋了，我常忘了自己是人，或忘了牠是動物。我退回到只想要肉身的倚靠，幸好牠給我了。媽媽，你得體諒我這麼病態地傾向一隻動物，我無處可去。

我對每一隻路過的動物微笑。像塞棉花糖進唇裡那樣的甜。我喜歡胖子的花色，把牠抱在懷裡的觸感是我每天早晨起床的動力。也是我在這裡偷生的原因。

我傾注所有的力氣去愛牠，而不是這個社會。我只會抱著胖子像不懂事的小女孩一樣。就是有一部分殘缺了。我想回到那個野地，那個有火車站的小鎭，母親牽著腳踏車帶我越過鐵軌。這裡的空氣是這麼硬。

我腦子裡停留著一堆下不出雨的烏雲。我想起我的病床，我躺過好幾張病床。躺在病床上會讓人縮小，發冷。像沒有葉子的枝椏。媽媽，抱我，一如我剛脫離你子宮之際。

我知道很多東西等著撲到我身上，那另一段的生命。我已經夠大，能夠壓下去。同時我變老，像夏日可口的冰沙，被熱度啃，慢慢無聲地消融。

多遠
還有多遠

我要帶著我的雜質發亮

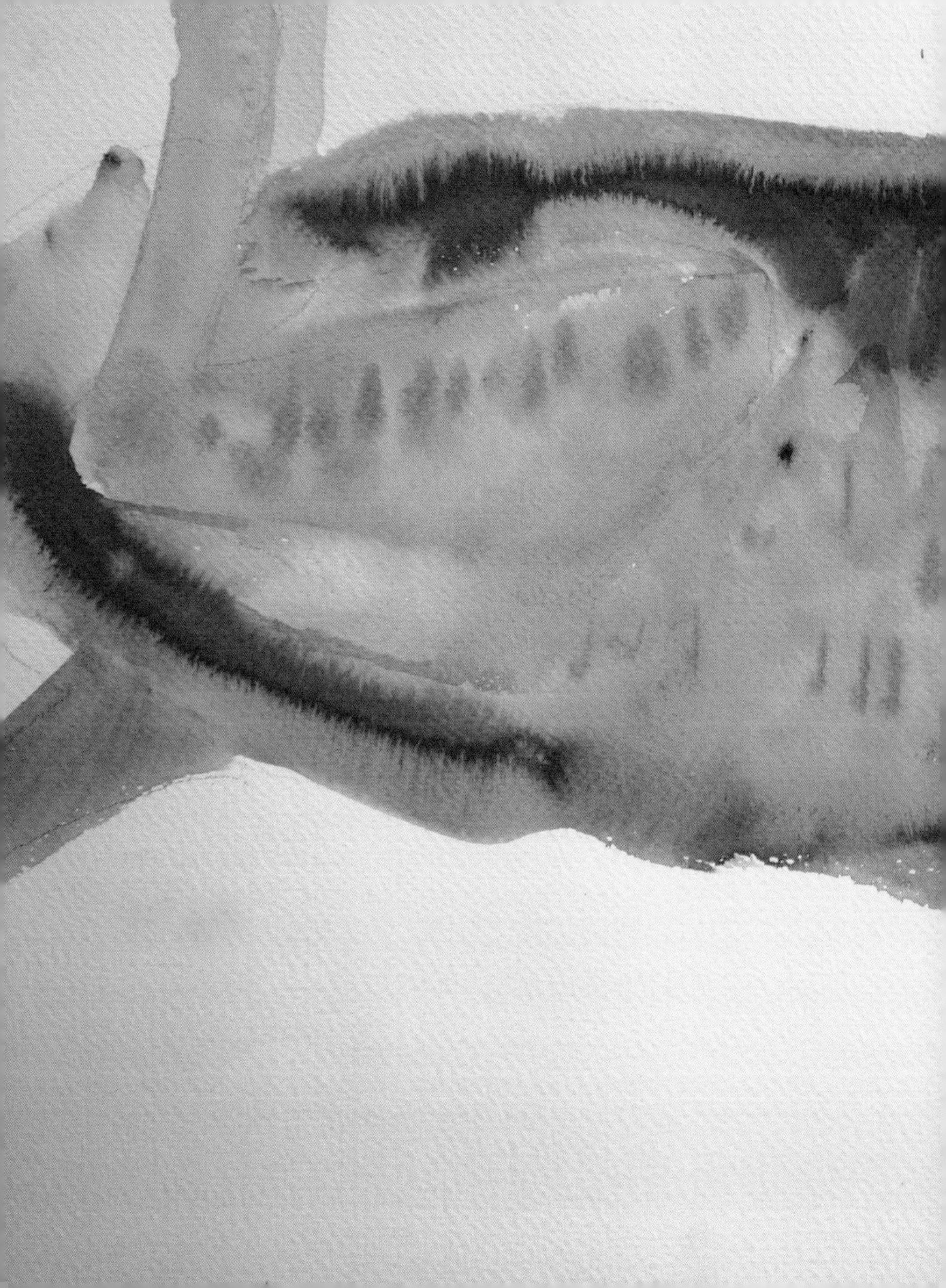

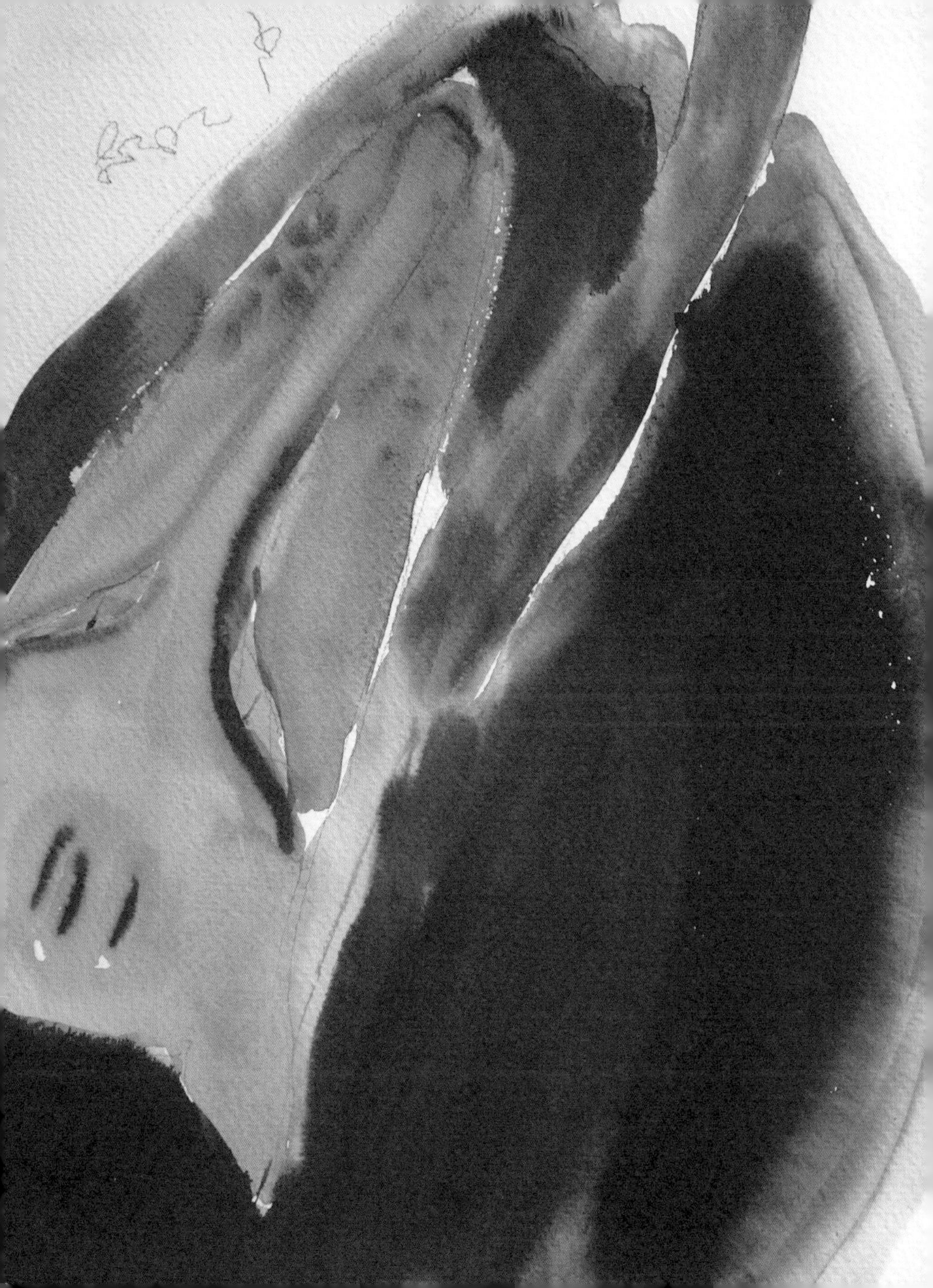

我只想走得遠一點

把我當成點點的碎葉吧

把我當成一棵亂長的樹

把我當作殘渣般丟棄

我依然是一棵形狀良好的樹

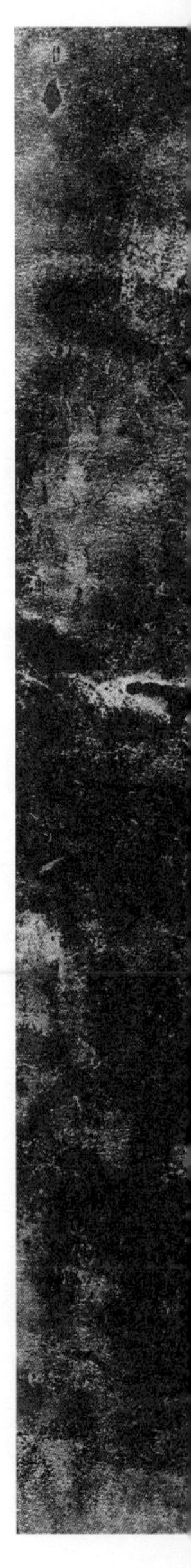

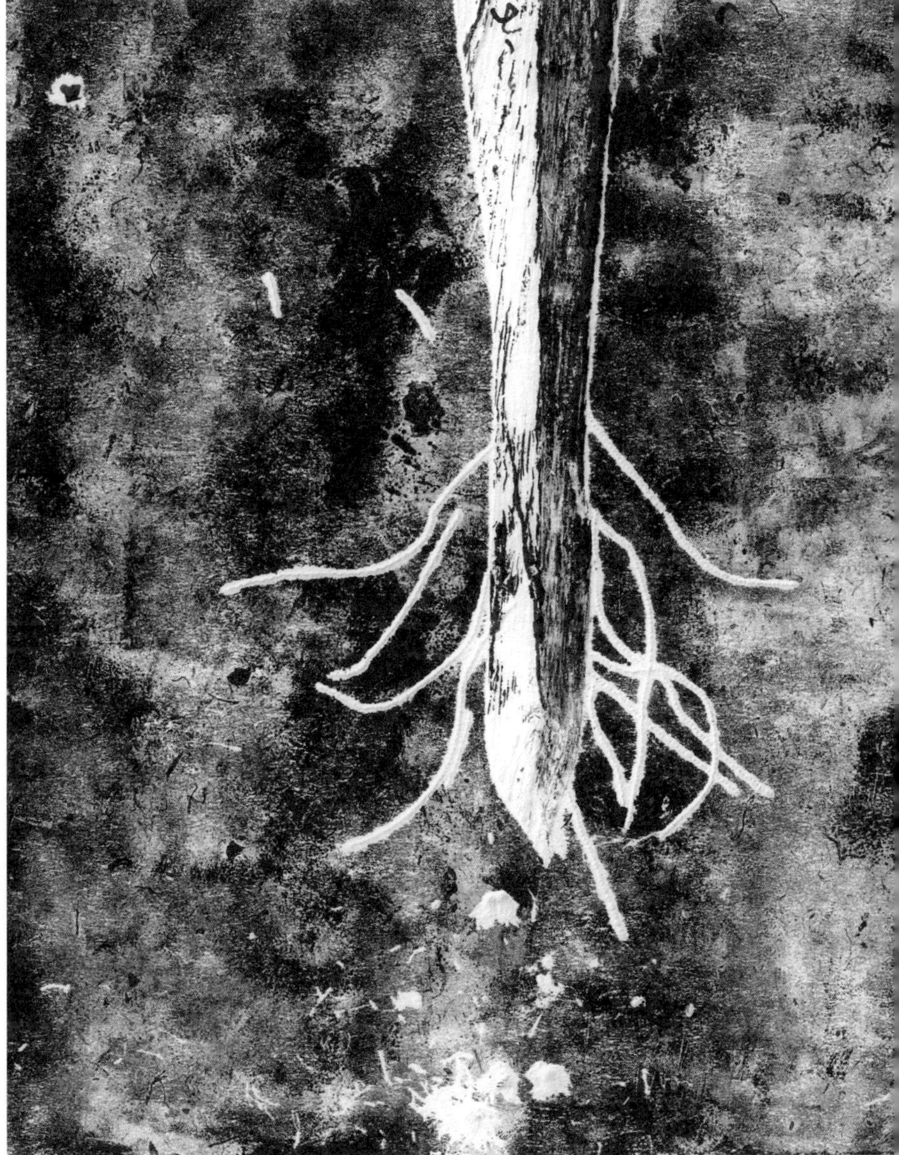

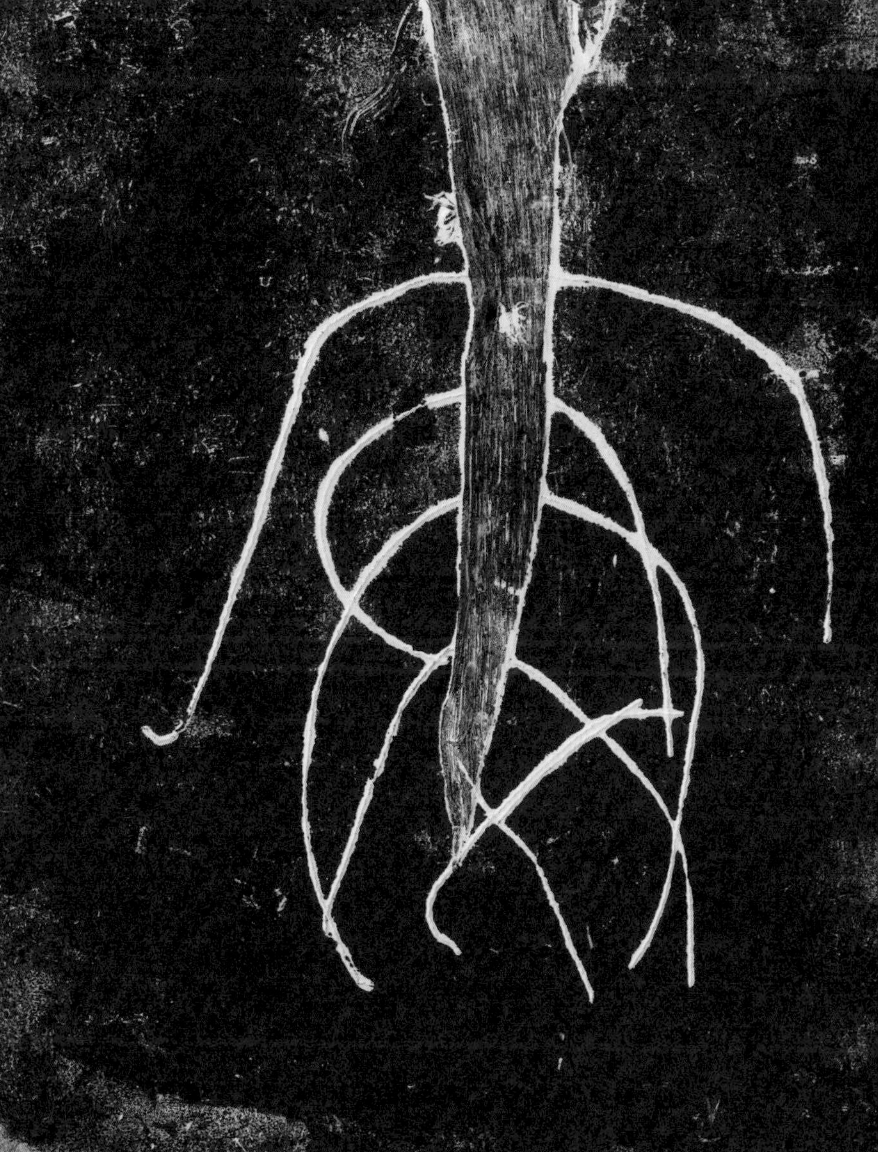

媽媽

我寫下這麼強硬的自白

不要覺得我損傷了

我將要進入更廣大的所在

我要敲打這個世界

幫我把洗好的衣服摺疊好

我要出發了

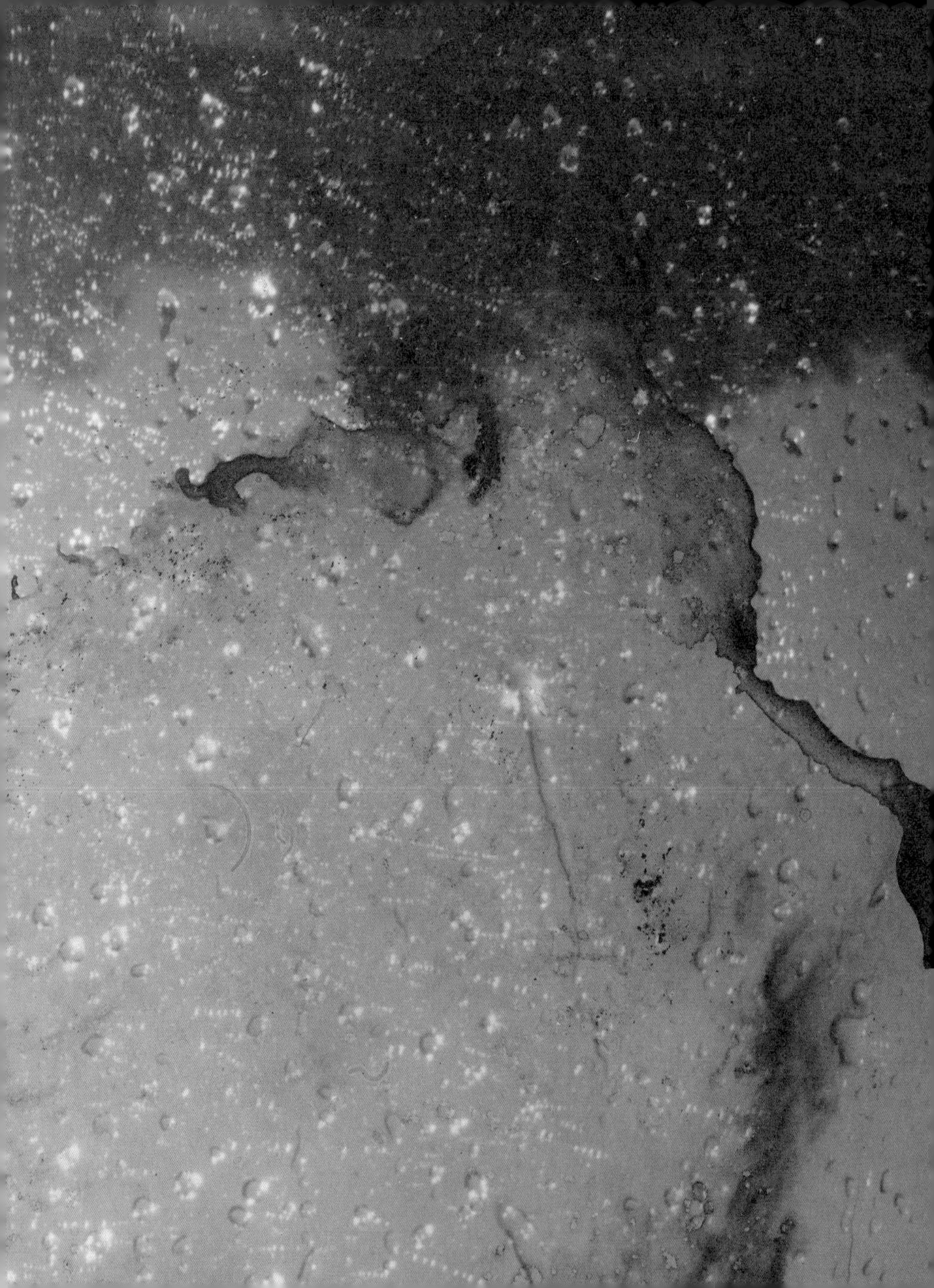

原諒我不愛這個城市。

也不愛你們

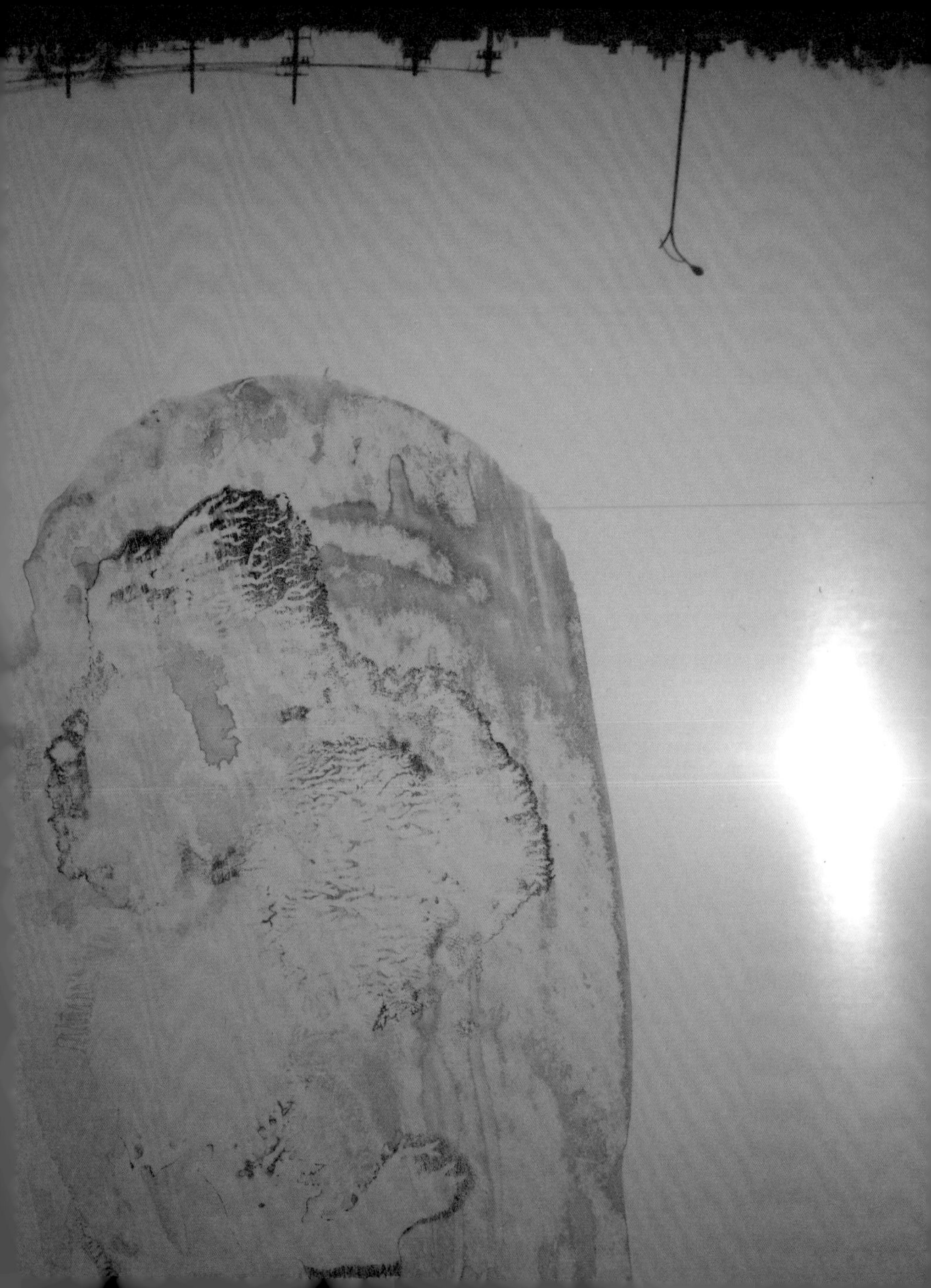

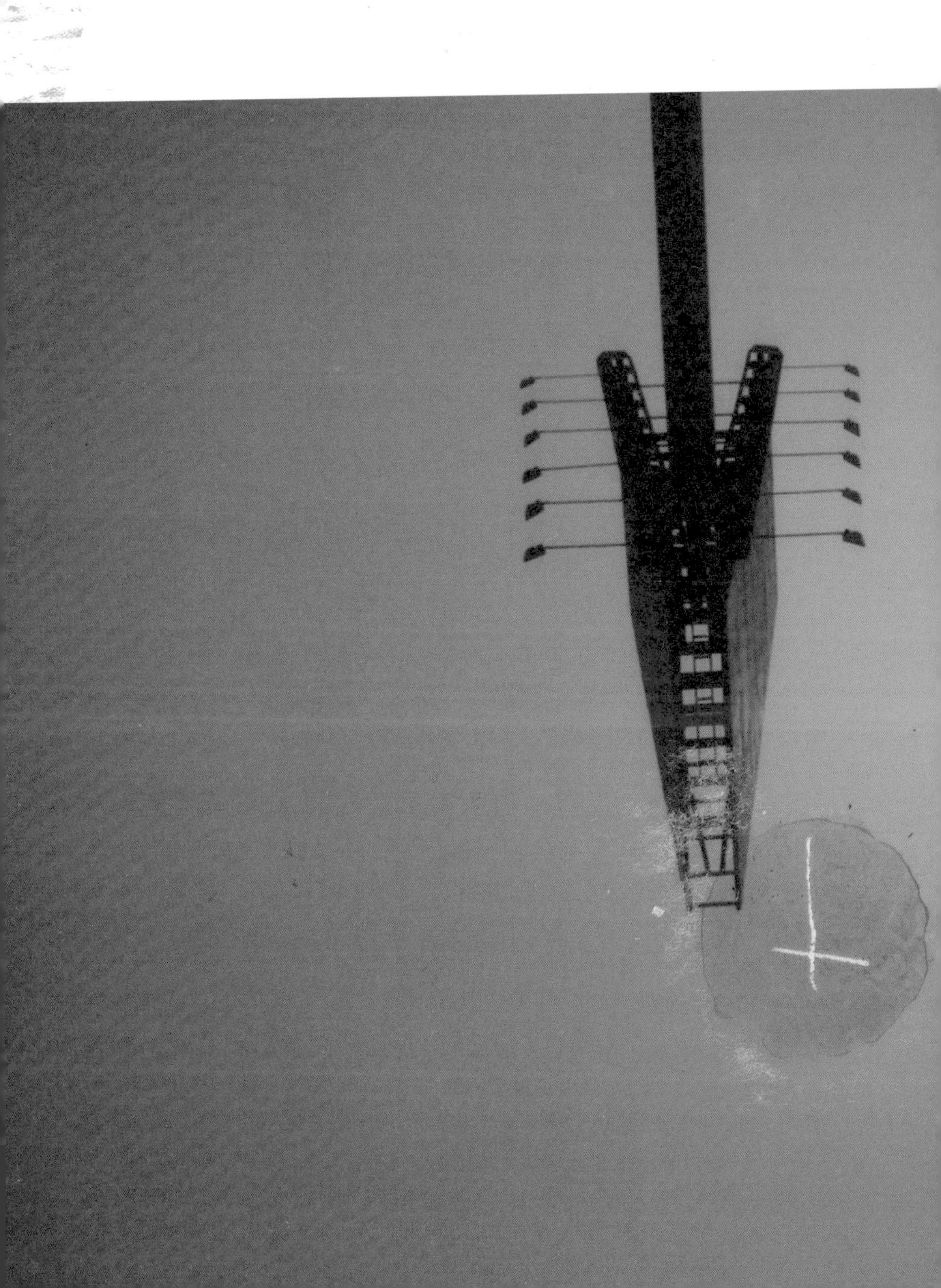

當然寫作是個純粹回憶的過程；但是從另一方面來看，寫作並沒有替下一次的回憶排除任何東西，只會從害怕的狀態中，透過嘗試以盡可能的描述去符合回憶，從中獲取一點小樂趣，從驚駭的幸福感中產生回憶的幸福感。

在寫這個故事的時間中，有時我當然曾對所有的坦率以及誠實感到厭倦，而且渴望不久後能再寫一些我也可以說謊，可以偽裝自己的東西，比方說寫部舞台劇。

——《夢外之悲》，彼得・韓德克（Peter Handke），陳素幸譯，1995，台北：時報，頁 122。

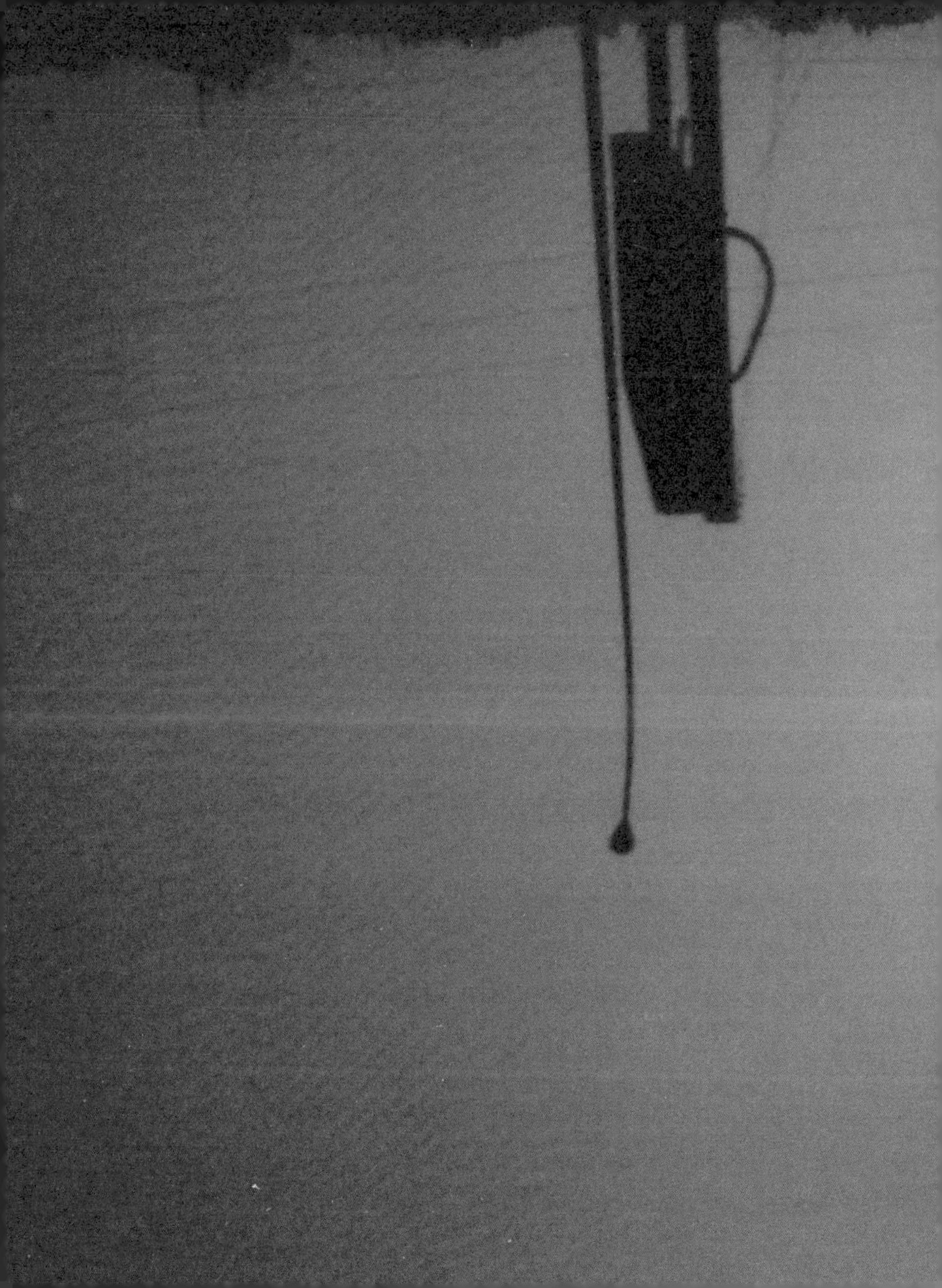

與雜質的對話

向撒旦告解的直剖之書

文／葉子鳥

「把一顆心搗碎
以血的鐵鏽分子曝光
堅強地宣示
沒有，沒有紅色的氣味……」
——葉子鳥

再也找不到這種「恨」？用一己的視角詮釋內在的反射，一張張黑白的冥紙畫作，祭向發光的雜質。

是不是每一個面對婚姻的女人，都該有這樣地「療癒」書寫？面對自己所從的陌生姻親關係，先生、婆婆、叔姑……一一地把彼此真實的日常所積，變成一本帳簿，加加減減地來秤量歲月裡各自不同的重量？身為已在婚姻中「打滾」將近三十年的我，其實對作者的一些處境是感同身受，但是因為太過耽溺自我的角度，讓我在閱讀上覺得相對於她所從的家，也如此般地映照其自身；她也成了家裡的一個自我命題卻相對雷同的角色。

她把自己定位為弱勢外籍女人，結婚不是因為愛情，對於身處的空間與人，都不是自己所想望的。她的求學生涯，她的都市生活……卻選擇了悖離自己漂移的質性，成為人妻。她認為先生、婆婆、小叔「不健康」，終日膜拜電視神龕，不做家事不洗碗亂買東西亂堆積自私……，那麼「健康」是什麼？窗明几淨，一家人在餐桌上有說有笑，飯後一起洗碗，不常看電視，一起有各自的閱讀或運動習慣……是這樣嗎？如果有田野調查，我敢保證幾乎沒有所謂「健康的家庭」，因為每個家都各有其自身的生活樣態，不能用圈與叉的定義去衡量。

作者本身就很健康嗎？其母親的生活就很健康嗎？書中缺席的父親，母親鎮日辛苦勞動，身為女兒的她也沒有因此體恤幫忙母親，很自然與習慣地接受此原生家庭的生活模式，反而覺得是媽媽的愛與勤勞俐落。

家庭的經驗是不能扁平窄化的關照視域，更何況這個婚姻是自己的選擇，即使是為了居留。自己都還沒有準備好進入婚姻與家庭，接踵而來種種的問題，是夫家故意製造出來的嗎？在作者還沒進入那個「家」就已經長成那樣！婆婆因先生外遇，含辛茹苦養大了兩個孩子，兄弟性格的差異，兄溺愛式地照顧弟弟，是很多家庭可見的版本，先生對於母親過世的悲痛，這是任何人都可理解的。好比作者也總拉著母親的衣角深怕她離去，為什麼換成先生真實的哀傷就解讀為「她過世後。我先生一蹶不振，他所有的一切，包含娶我，都是為了討好母親，為母親多可以一人照顧，為母親年老的含飴弄孫，為分擔房貸，為分擔生活開銷，為一起吃飯，一起睡覺。他的結婚，從頭到尾沒有愛情的分；從頭到尾，是我的一廂情願。」

那麼請問作者：你有愛情的分嗎？「那個時候愛情只是異鄉的方便性，我不相信那是一張真的愛情。」「我知道我是我媽媽種的水果，那種滿是瘡疤的果實。我沒有辦法去理解愛情，因為愛情她肢解了我。我沒有想到這張婚姻不請自來晃動在我的畫作裡，悲傷就坐在那裡，大剌剌的，剎那之間讓我難堪，我無法注視自己的畫太久，故鄉與愛情的撕裂，碎成一地，徹骨，且孤寂，是沒有人的下著滂沱大雨的廣場。」

愛情於你而言終究只是一場懵懂的交易，卻解讀成故鄉與愛情的撕裂，愛情的果實從來不是完美，而是這開始的後設，早就被命理推衍出既定的結果。

對於與婆婆相處都認為自己是被欺凌壓榨的角色，所以合理化自己的本性有多善良，以致可以冷血地目睹一個人病痛後的死亡過程。很細心地去描寫婆婆的失敗：失婚、切除子宮、肝臟縫合線……看電視似是婆婆個人心理的可憐救贖，化妝亮麗購物學習，是某種附會風雅的假象。婆婆的臨終之境，是作者難得的舒服與快樂，甚至婆婆因化療光頭洗頭對自己容顏的想像，都帶著嘲諷的眼光。

「第一次，為了只見過一次面的死人，要花幾萬塊的機票錢來台灣。我媽媽為了我來。葬禮過後我帶她去走走，我先生質問，你們要去玩？那種語氣好像是我們大老遠來應該躲在家裡為他的老母哭泣一樣。那個時候，我已經花了很多時間一張張掃描他老母的照片，做成催淚的回顧片，我小叔什麼都不幫忙。」

這些言詞都非常的利刃，同樣是面對母親，卻帶有不同的位階。我相信每一個人心目中的母親都是有其分量的。不是說非得虛情假意故作悲傷，但是同理心的尊重，是最起碼在已扮演的社會性角色——人妻與媳婦，該有的禮貌。可以有很多彈性的作法與溝通，但不是非得在節骨眼上秤斤論兩。

書中的字彙：弱勢、歧視、漂移、殘渣、雜質、旅人、野豬、疤、嫌棄、粗糙、厭惡、被壓碎、灰燼、失敗、斷氣、陌生人、白癡、狗鍊、無光、灰塵、填充物、莫須有、不自覺、失憶症、炸藥、美好的表屑、枯醜的支架、外遇、稀釋、腫瘤、廢物、病態、這裡的空氣這麼硬……

明顯地就是一精神官能症者的症狀，從醫學角度，我建議看心裡醫師，服用 Anzepam 藍色安祈平 0.5mg，專治焦慮症等，三餐各一。另 Mesyrel 美舒鬱錠 50mg，睡前兩粒，可改善情緒，事關血清素可平衡大腦，少負面思想增強記憶。還有 Genclone 健康得眠膜衣錠助眠劑 7.5mg，可安穩一睡。並且需配合心理師面談，嘔吐殆盡，以重新進食悅性食物[1]。

若是從「恨」的角度，我必須拆解成兩個字：一是「心」，我們太常用「大腦」思考，忽略「心」的存在。「大腦」是邏輯的被教育的框限的；應該這樣，不應該那樣……而「心」是屬於本質的，沒有階級性別被命定的，就是一個純然的「自我」，澄清的靈魂所在，沒有分別、情緒、罣礙……，如果生命的路途敞在哪兒，沒有人要脅你，就這麼地走到這兒。那麼「艮」是什麼？根據易經掛象「自我節制，適可而止」，艮為山，止為當止，行其可行。該超越的是表象的箝制，學會面對，突破藩籬。從來就沒有烏托邦，當自己得承擔另一個原生家庭的樣貌，是否有一種規格化標準的幸福儀器可以複製？你可以嗎？製造完美人格？完美家庭？生下完美小孩？

別傻了！所謂「仁」，就是種子。

在黑暗中發芽的種子

「那是一棵直逼我的種子
在我肉體生根
忤逆所有人
張揚舞爪地長大」

「仁」就是身為人，慎始，元亨利貞；陰陽協調，內方外圓，調適每一次變化的因應，恨有時，愛無限。

當承認自己如何地不完整，卻又同時要求別人要有你想要的模式，這是何等奇怪與不平衡的計量，卻一直轉嫁在他者身上冀望自己想要的完整。這不也是一種相對的自私？

如果撒旦在告解室透過窗櫺窺視與凝聽，他必定十分竊喜。這個虔誠的信徒如何以他的蛇信吐出毒液，散布黑色的天真。

每一個人都有其「創造性、自主性、侷限性」，每一個人的命也都有其「可控、不可控、無可奈何」之境，不唯獨是他者或環境所加諸的「惡」，而是該如何掌握自身的能量與信念。

在家的社會田野《斗室星空》第 119 頁，第四段「現在，我對分化有更清晰辨識。我認為英文的『differentiate』指的是差異與顯著，而不是排除與否認。……我可以感覺到他們的情緒，但知道那不屬於我，我可以擁有我的思考和情緒，也因而能獲得一種在家庭衝突中得以轉圜和前進的空間；但不代表我得排除或否定他們的情緒。」

但願這只是孕吐與陣痛的過程，我願意擁抱舊的與新的你！

女人何苦難為女人。
人何苦難為人……

---

1 依循簡單、自然、營養的食物原則，並且符合阿育吠陀的養生學飲食觀，營養富正向能量的食物。

http://www.businessweekly.com.tw/webarticle.php?id=46097&p=2（2012 年 12 月 02 日瀏覽）

作者簡介

葉子鳥，學歷無所彰顯。平凡的家庭主婦。但，是詩人，是自由寫作者，是吹鼓吹詩論壇副站長。常常無所目的的亂上課，討厭學院，但希望有文學的認知與素養。

出版品

《中間狀態》，台灣詩學詩人叢書，2010，台北：秀威資訊。

（孩子）
緊接下去這個段落你要自己寫
綻放你的悲傷去寫
寫那些安靜又冰凍的東西

你像一棵甜蜜的樹
杵在渙散的空氣裡流著汗水
發出果香
將隔夜的貧瘠重重一抖

後記

這所有的一切，我們所談論的愛，都只是一種回憶，說不定連回憶都談不上。我說錯了嗎？我有神智不清嗎？因為如果你們都覺得我說錯了，你們要糾正我。我想知道。我是說，我什麼都不知道，而我是第一個承認這件事的人。

——《當我們討論愛情》，瑞蒙．卡佛（Raymond Carver），馬英　譯，2001，台北：時報，頁 183。

2012 年，我生了一個兒子。我不知道有沒有人看穿我一點都不雀躍。

我看著人群中的臉，每一張成了嬰兒，依在母親的懷裡，睜大眼睛看著母親。他們一起哭，排山倒海的哭，一發不可收拾的哭，哭醒人們一成不變的人生，咬啐孤獨，阻絕孤獨的蔓延。孩子，這一切只是虛張聲勢的生命情節，是被我厭倦的粉紅色。你知道嗎，所有容光煥發、滿溢的幸福感，都只是片刻的記憶，甚至只是一種錯覺。

我知道我很好。神軟軟的，像貓一樣柔軟，摟著我。我異常地倦怠，吃力地扛著你龐大的哭聲。我把自己削尖，寫下給你的。最後，我說錯了嗎？我有神智不清嗎？因為如果你們都覺得我說錯了，你們要糾正我。我想知道。我是說，我什麼都不知道，而我是第一個承認這件事的人。

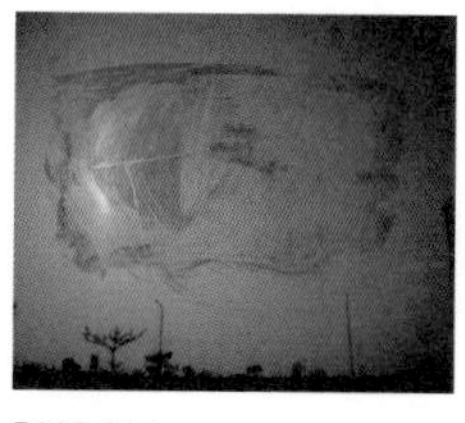

P006-007
尘市 01
數位輸出

P018-019
尘市 02
數位輸出

P022-023
尘市 03
數位輸出

P025
尘市 04
數位輸出

P025
尘市 05
數位輸出

P026-027
尘市 06
數位輸出

P028-029
泥濘海 01
數位輸出

P030-031
泥濘海 02
數位輸出

P150-151
尘市 07
數位輸出

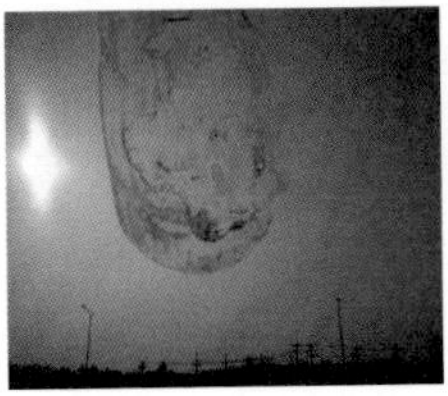

P154-155
尘市 08
數位輸出

P156
尘市 09
數位輸出

P156
尘市 10
數位輸出

P157
尘市 11
數位輸出

P158
尘市 12
數位輸出

P159
尘市 13
數位輸出

P160-161
尘市 14
數位輸出

P164-165
尘市 15
數位輸出

P166-167
尘市 16
數位輸出

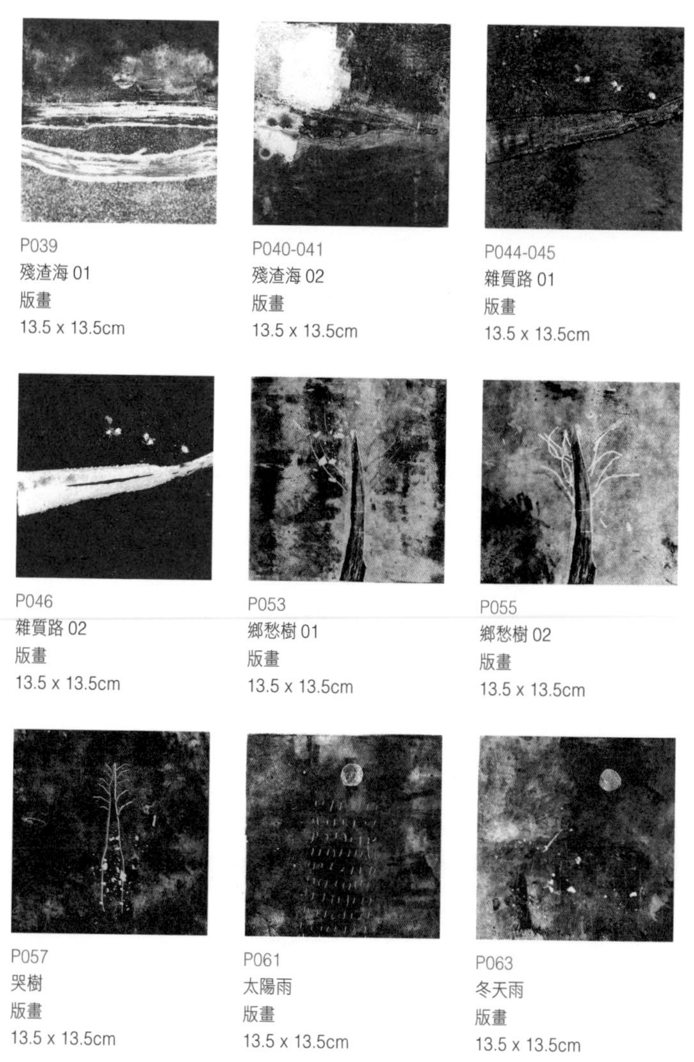

P039
殘渣海 01
版畫
13.5 x 13.5cm

P040-041
殘渣海 02
版畫
13.5 x 13.5cm

P044-045
雜質路 01
版畫
13.5 x 13.5cm

P046
雜質路 02
版畫
13.5 x 13.5cm

P053
鄉愁樹 01
版畫
13.5 x 13.5cm

P055
鄉愁樹 02
版畫
13.5 x 13.5cm

P057
哭樹
版畫
13.5 x 13.5cm

P061
太陽雨
版畫
13.5 x 13.5cm

P063
冬天雨
版畫
13.5 x 13.5cm

P065
冬天海
版畫
13.5 x 13.5cm

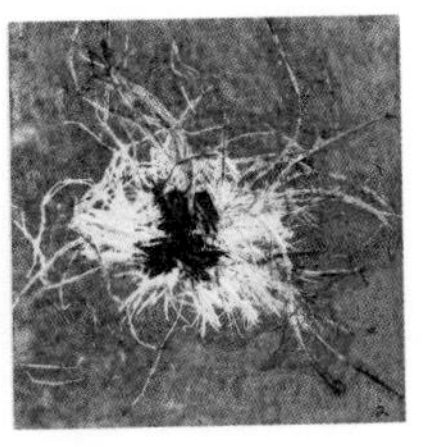

P069
灰燼 01
版畫
13.5 x 13.5cm

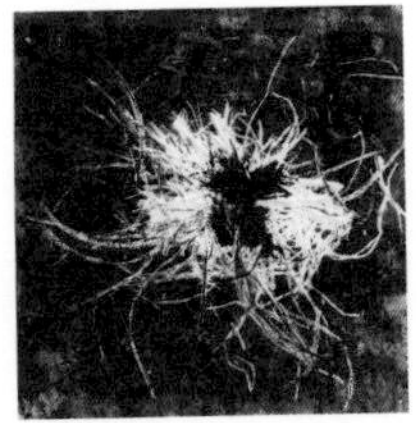

P071
灰燼 02
版畫
13.5 x 13.5cm

P075
灰燼雨
版畫
13.5 x 13.5cm

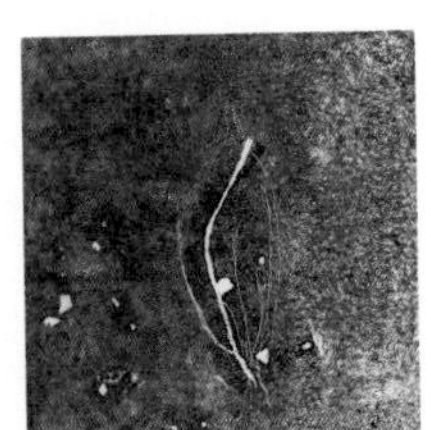

P091
暗中發芽 01
版畫
13.5 x 13.5cm

P093
暗中發芽 02
版畫
13.5 x 13.5cm

P094
暗中發芽 03
版畫
13.5 x 13.5cm

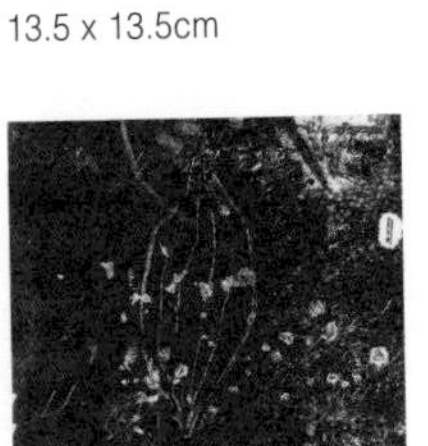

P095
暗中發芽 04
版畫
13.5 x 13.5cm

P096-097
暗中發芽 05
版畫
13.5 x 13.5cm

P113
你沒有血了嗎 01
版畫
13.5 x 13.5cm

P116
你沒有血了嗎 02
版畫
13.5 x 13.5cm

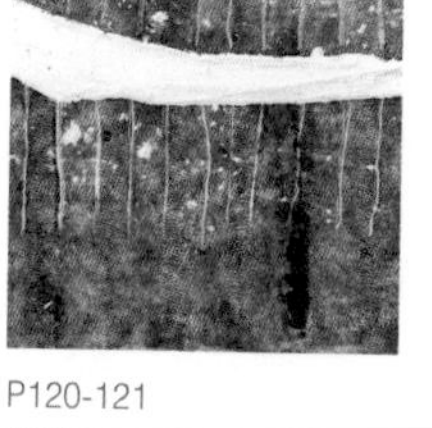

P120-121
漂移 01
版畫
13.5 x 13.5cm

P122-123
漂移 02
版畫
13.5 x 13.5cm

P129
胖子 01
版畫
13.5 x 13.5cm

P131
胖子 02
版畫
13.5 x 13.5cm

P137
how far
版畫
13.5 x 13.5cm

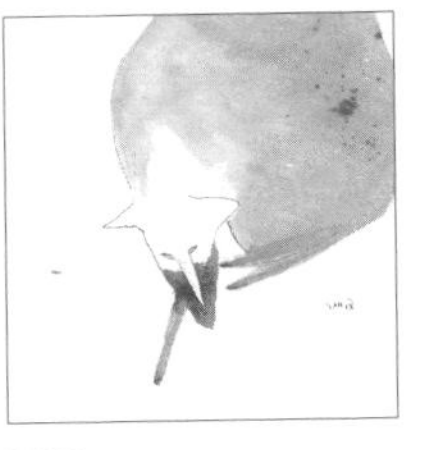

P079
尖鼻貓
水墨
39.3 x 27.2 cm

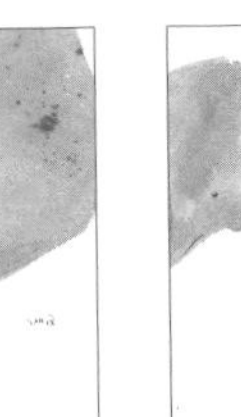

P083
方鼻貓
水墨
39.3 x 27.2 cm

P144-145
母親樹 01
版畫
13.5 x 13.5cm

P101
貓人 01
水墨
54.5x 39.3cm

P103
貓人 02
水墨
54.5x 39.3cm

P146-147
母親樹 02
版畫
13.5 x 13.5cm

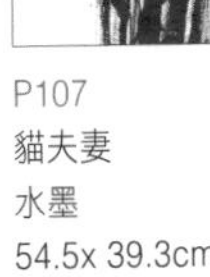

P107
貓夫妻
水墨
54.5x 39.3cm

P127
圓貓
水墨
39.3 x 27.2 cm

作品索引｜油畫｜水彩

P033
悲傷紀念碑 01
油畫
91.0 × 72.5cm

P034
悲傷紀念碑 02
油畫
91.0 × 72.5cm

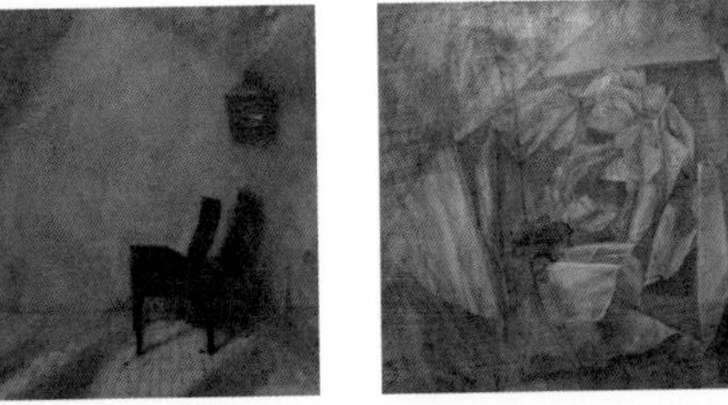

P036-037
焦慮
油畫
116.5 × 91.0cm

P084-085
風裡樹 01
水彩
39.3 x 27.2 cm

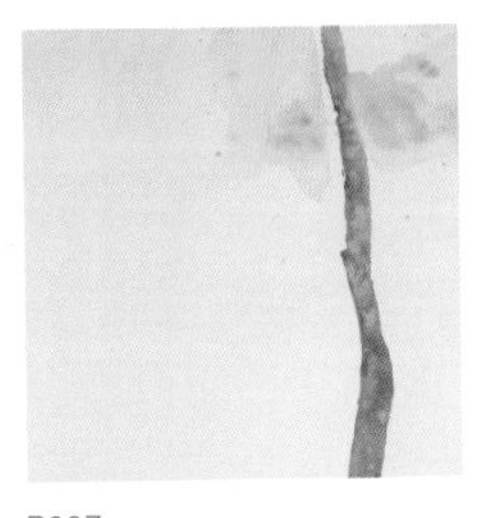

P087
風裡樹 02
水彩
39.3 x 27.2 cm

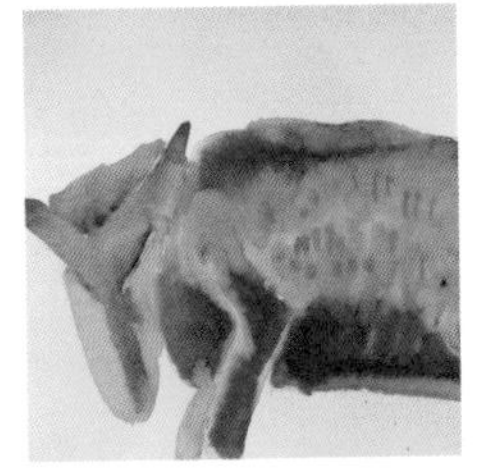

P138-139
愛人 01
水彩
39.3 x 27.2 cm

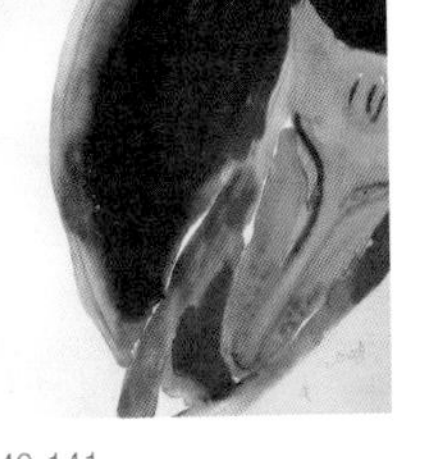

P140-141
愛人 02
水彩
39.3 x 27.2 cm

P174-175
青樹
水彩、炭精
27.2 x 19.6cm

P176-177
紅樹
水彩、炭精
27.2 x 19.6cm

帶著你的雜質發亮

作　　者　馬尼尼為（林婉文）
攝影・繪畫
版畫・手稿

美術設計　林岑｜flowering00.7@gmail.com

文字校對　陳譽仁｜游任道
總 編 輯　劉虹風
企劃主編　游任道

出　　版　小小書房・小寫出版｜小小創意有限公司
負 責 人　劉虹風
地　　址　234 新北市永和區復興街 36 號 1 樓
電　　話　02 2923 1925
傳　　真　02 2923 1926
部 落 格　http://blog.roodo.com/smallidea
電子信箱　smallbooks.edit@gmail.com

經銷發行　紅螞蟻圖書有限公司
地　　址　114 台北市內湖區舊宗路二段 121 巷 19 號
電　　話　02 2795 3656
傳　　真　02 2795 4100
網　　址　http://www.e-redant.com/index.aspx
電子信箱　red0511@ms51.hinet.net

印　　刷　崎威彩藝有限公司
地　　址　235 新北市中和區立德街 216 號 5 樓
電　　話　02 2228 1026
傳　　真　02 2228 1017
電子信箱　singing.art@msa.hinet.net

初　　版　2013 01
定　　價　280 元整
I S B N　978-986-87110-2-0

國家圖書館出版品預行編目資料

帶著你的雜質發亮 / 馬尼尼為著 . -- 初版 . --
新北市 : 小小書房 , 2012.12
面；　公分
ISBN 978-986-87110-2-0(平裝)

855　　101023653